大沙漠，

小村庄，

藏着童年的一个秘密花园。

骆驼庄园

刘梅花 著

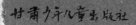
甘肃少年儿童出版社

图书在版编目（CIP）数据

骆驼庄园 / 刘梅花著. -- 兰州 : 甘肃少年儿童出
版社, 2019.10（2021.6重印）
ISBN 978-7-5422-5542-6

Ⅰ.①骆… Ⅱ.①刘… Ⅲ.①散文集－中国－当代
Ⅳ.①I267

中国版本图书馆CIP数据核字(2019)第199987号

骆驼庄园

刘梅花　著

责任编辑：　段山英
封面设计：　李红泉
版式设计：　魏　婕
出版发行：　甘肃少年儿童出版社
　　　　　　（730030　兰州市读者大道568号）
印　　刷：　三河市南阳印刷有限公司
开　　本：　880毫米×1230毫米 1/32
印　　张：　7
字　　数：　140千
版　　次：　2019年10月第1版　　2021年6月第2次印刷
书　　号：　ISBN 978-7-5422-5542-6
定　　价：　30.00元

如发现印装质量问题，影响阅读，请与出版社联系调换。
联系电话：0931-8773267

在牵牛花丛中行走

读到一句话：花开花落，都太拼命。我觉得自己的写作也一样，长篇短篇，也很拼命。每次写作，我几乎全力以赴地投入文字营造的氛围里，忘记自己的年龄，带着单纯简朴的心情张望这个世界。我觉得文学隐含的东西，应该是璞的样子，像未雕琢过的玉石，像儿童一样天真无邪的状态。我灵魂深处的声音，也有璞的样子，返于璞，归于真，回到未加修饰的天然美质。

从体裁上来讲，我一直在写散文，散文是我和万事万物交流的唯一语言。我保留的，是璞的力量，弥散在散文的气场里。我沉溺其中，在大人和儿童的世界里来回往返，我需要在成年人的现实里找到合适的语境，保留人之初的心意，攫取与世界最初相逢的惊喜。

我觉得儿童文学是一种俯下身悄悄耳语的文学。他们喜欢亲昵温软的语言，喜欢有爱的小故事，这个世界对他们来说，想象的空间太多。孩子的成长，最不能缺少的就是文学的滋养。儿童文学应该有晶莹透亮的、玉质的文字，有着梦幻的色彩，能够激发孩子们的想象力，能够为孩子们构建自己的气质起到催化作用。儿童文学的本质，就是有爱，有憧憬，也有温情。

有位作家说："我时常回到童年，用一片童心来思考问题，很多繁难的问题就变得易解……"他说，用宁静的童心来看文学事业，是这样的："它在两条竹篱笆之中。篱笆上开满了紫色的牵牛花，在每个花蕊上，都落了一只蓝蜻蜓。"

我喜欢这样的解释，一个作家美好的生活，就是在牵牛花丛中行走，保持纯真的童心。尘世固然喧嚣，可写作者有自己安静的精神家园，保持温婉清美的生活情味。

因为《少年文艺》一直刊发我的作品，编辑喜欢我给孩子们写的小文章，所以也一直打算让我为孩子们写一本书。有这个想法后，正好遇见甘肃少年儿童出版社的老师们，因为他们的全力支持，这本书才得以出版。特别感谢。

儿童读者，我觉得除了美丽的童话之外，孩子们需要浸润一点儿现实世界的东西，懂得在挫折中成长，学会独立精神。他们的阅读处于天真未凿的状态，但我不敢有任何的说教，我怕我的想法考虑得不够周全。只是告诉孩子们一件事，一个人，还有花草树木蓬勃的美丽。其中蕴含的东西，他们会慢慢地学会。也情愿搭建一个坚强的世界，走近他们的生活。

我在腾格里大沙漠长大，沙漠里有我儿时的全部记忆。我写童年，写幼时的那种烟火气息，写季节变换，写童心童趣，写沙漠里的种种深情。常常梦见我的整个童年，梦见那个沙漠里的小院子。一个人的童年，对一生有重要的影响。我总是想，我这样孤绝的性格，可能跟腾格里大沙漠有关。

沙漠里的小孩，比较野性，也有足够的坚韧。我期望小读者能读出其中的悲悯心，读出清旷，也能读出人和自然的默契。倘若能培养一点小读者的艺术感觉，能启发孩子们对文字的喜欢，那真是最好不过了。

儿童文学不等同幼稚简单，我创作的时候，把自己的生活经验传递到作品当中，用微小的事物，启发孩子们内心对万事万物的认知和理解。一个好的儿童文学作品，具备的气质，也许是恬静的，也许是飞扬的，但回到璞的样子是我所追求的。

其实，我最值得努力的事情，就是为孩子们写文章，在牵牛花丛中行走，保持纯真的童心。

2019 年 6 月

目／录

盛装的戏

冬天的乡村土路，寂寞而清冷。路面被风刮得白生生的，偶尔有一坨冻牛粪，几块青石头，上面都落着一层青霜。我跟着妈妈在山路上走了很久，走得筋疲力尽。

有个骑马的人从我们身边嗒嗒嗒地跑过去了。那个人在马上一颠一颠的，马尾巴在风里飘逸。也有老牛车咯吱咯吱地，慢悠悠晃荡。下坡的时候，牛车就快起来，踏踏踏跑远了。

太阳当空照着。头发潮潮地粘在额头，小小的脸也汗津津的。我的心跟着那牛车走远了。路边的黄土坡，结了冰的河，清寂的白杨树，都在我眼里慢慢地一点儿一点儿后退。不见一个村庄。

我赖，在路边走不动了。妈妈漫不经心地看着我，又看远处

1

的山。山有什么好看的，白晃晃的。她背着两个篮球大的馍馍，方言里叫"烧锅子"。面不是很白，馍馍里卷了深绿深绿的香豆子，看上去发青，不好看。还有两块砖茶，一件的确良的新衬衣。

"烧锅子"是外奶奶做的。不是她手艺不好，而是没有很多白面，只好掺了青稞面。她的一个远亲要嫁女儿，打发我们娘俩去贺喜。妈妈好像不怎么乐意，别别扭扭地牵着我出了门。

外奶奶的青布大襟衫上，是饭渍、油渍、孙子们的泥指头印儿，是一层灰尘磨光后的闪亮。还有我的嘴印儿，我吃完饭直接就到她衣襟上蹭蹭，算是擦嘴了。妈妈在一边气急败坏地骂着："坏啊，这个黄毛丫头，不是个好东西。"

外奶奶唠叨着说："我去，总是显得寒碜，还是你去吧。我这一辈子受苦的命，走不到人面前……"

乡里的女人，总是拿命来解释自己的一生。苦就苦吧，穷就穷吧，都是命，只要家里平安，没有个疾病就是福气。不这么想，怎么活下去呢。真是悲惨，到现在，我家很多亲戚也都是这么想的。命是一种苍凉的大背景，逃不过，人生只是舞台上一出戏里的一个角儿罢了。日子过得何等灰心啊。

山里的路真是漫长。我不得不磨叽着走。妈妈想让我背那两块黑砖茶，七八岁的我真的背不动。我拖着哭腔拒绝了妈妈的要求，她很生气。

又累又渴。又有一辆牛车从我们身边吱呀过去了。我抱怨说，外奶奶家怎么这么穷呀？连个破牛车都没有，连一头牛也没有。妈妈累得没有力气骂我，干翻了两下白眼。

外奶奶家的黑土小院里，只有一只老狗，跑来跑去，不怎么吠，忙着过日子的样子。还有一个草垛，一个牛粪堆。角落里是柴火，杂物。外爷爷坐在门槛上，戴着毡帽。他劈柴，吸烟，哄孙子，忙得很。我把手伸进他的口袋里，摸不到一颗水果糖、一粒瓜子，指头却伸到口袋上的破洞外面。唉，那么破旧的衣裳。

日头偏西的时候，终于到亲戚家了。亲戚家比外奶奶家阔绰多了。一排出廊的好房子，红柱子上新刷了油漆，亮亮的。马圈里几匹枣红的马，还有黄牛、牦牛。就连他们家的大黑狗，也是膘肥体壮气势汹汹的，汪汪汪地大叫，底气十足。

院子里几棵大树，鸡在树下刨食。两个黄草垛在阳光里金黄温暖。靠着草垛是十来个女人，在择豆芽，切肉，切洋芋萝卜。还有很大一辆木头马车，车上放了做酒席的盆盆罐罐。几个男人靠在马车上划拳喝酒，声音扯得嘹亮。一架梯子搭在房檐上，有人从梯

子上爬下来，手里提着一捆子鞭麻柴。

空气里是炒肉和丸子的香味，引诱得我的小鼻子不停吸气。简直太饿了。

但是，还不能吃饭，要先搭礼。院子里一字摆开五六张八仙桌，桌子上铺了大红的被面，堆满了亲戚们送来的贺礼。

妈妈掏出了那两块黑砖茶。包着茶的纸皮已经磨损得有皮没毛了。那两个篮球大的馍馍，经过长途运输也是破损不堪了，又黑又青，摆在桌子上好难看。最后，妈妈掏出了那件单薄的衬衫，叫作"添箱礼"。因为要嫁女儿嘛，给她箱子里添一件陪嫁。

唱礼的人大声报着妈妈的礼物，全院子的人都转过来看。那件衬衫藏在了桌上一件毛呢大衣的背后，妈妈很局促地又摆了出来，一脸尴尬。我知道外奶奶自己不来的缘故了。有个富亲戚压力简直太大了。

外奶奶的那个亲戚出来了，半老不老的老太太，脸上笑着，好像也没有看见妈妈的礼物。她请我们喝空茶。空茶就是先敬茶，还没有菜。我急着要吃饭，大声地问："丸子在哪里？菜在哪里？"妈妈讪讪地笑，笑得很难为情。

我眼热地看桌子上的礼物，很多漂亮的衣服，头巾，腰带，鞋子。

看得我眼花缭乱，咕哝着想要一件，被妈妈狠狠拧了一下脸蛋。我的眼泪都被拧出来了。妈妈心狠得很。

这个亲戚家真是阔绰。我外奶奶家就几间破房子，快要倒了的样子。院子也是那样狭小，连一棵树也没有，过年压岁钱也没有，炒菜的清油也没有。亲戚家的清油缸很大，比我高，比牦牛粗。满满一缸清油，勺子舀着。很惊讶，我长这么大从没见过如此多的清油。

去看新娘。她穿着她们民族的传统服饰，好看得很。戴了帽子。帽子上插满了粉红的、大红的绢花。脖子里是好几串玛瑙珠子的项链，手腕上好多银镯子，一动嚓啦啦地响着。

我觉得她不像个盛装的新娘，倒是像一个装扮好的角儿，戏帘子轻轻一挑，就要咿咿呀呀唱戏了。那样繁美的绣花新娘装，跟戏里的行头太像了啊。我那时正是一个小戏迷，看什么都跟戏有点儿关系。

我常常在开花的季节里，摘来很多的花戴在头上、别在衣襟上，披上床单，纱巾，当作唱戏的行头。整整能唱一下午，陶醉得不肯吃饭。

大眼睛的新娘不认识我，对我这么一个陌生的小孩也毫不热情。但我喜欢她的衣服，黏在跟前看个不停。动动辫子，动动镶边

的衣襟。她的腰里拴了一面碗口大的铜镜儿，闪亮发光，我悄悄摸了一下，凉凉的，滑滑的。

带着一面铜镜出嫁，是风俗。我那个姨娘出嫁时，也是有一面铜镜的，不过很小，只有核桃那么大。我想我出嫁时，一定也要带这么一面碗口大的铜镜子呢。我也想要很多的银镯子、玛瑙珠子、插满绢花的帽子，还有这么漂亮的好衣服。

当然，长大后出嫁的时候，核桃大的铜镜都没有。什么都没有，只穿着一身红棉衣，笨笨的，很难看。进婆家的门时，小叔子拦着要踩门礼。我口袋里空空的，连一块钱都没有，只好送他一双鞋垫。

亲戚家吃什么菜忘了。只记得一件事，印象很深。

盛装的新娘要出门上马了。鞭炮放过之后，门前唱礼的司仪也唱罢了礼仪，等新娘踏出门槛被扶上马。但是，新娘哭着不肯出门。不是因为留恋妈妈，而是嫌妈妈给的陪嫁衣服太少，相持不下。

娘俩都在哭。做母亲的断然拒绝再添一份嫁妆。后来，新娘哭得抽了风，又是灌糖水，又是掐人中，就是不肯醒来。母亲无奈之下，腋下夹着一个包袱出来，新娘才苏醒过来。醒来，还是不肯走，还是哭，母亲又去拿来一个包袱，才出了门。

新娘骑在马上。马是枣红色的，也挂了红，很威风。做母亲的却又拽着马不让走，号啕大哭。原来她们的乡俗里，女儿陪嫁的包袱里要有碗筷、米面、馒头、鞋子。另外还有一束香柴。

香柴在方言里谐音"箱财"，是引火的好柴火。寓意是日子红火，箱子里有财。这个香柴是不能少的。

怕女儿把娘家的财带走，红火带走，所以陪嫁的香柴要留下一些，不能全部带走。新娘上马之后，要给娘家门前撒下半把香柴。但这个新娘紧紧抱着包袱，一根也不留，就是不肯撒手。

母亲哭得晕过去了，直撅撅地躺在地上。众人乱纷纷地劝说，新娘掏出那把香柴，扔在地上，一路哭着走了。

她们闹腾着的时候，我妈妈窃窃地笑，很有些幸灾乐祸的样子。

后来外奶奶说，这个亲戚家旧时是财主。后来经历了运动，但是银圆都藏在窑洞里，只交出了一小部分。所以包产到户后，就地富起来了。

外奶奶的意思是，她们虽然富，吃的却是祖业，不是自个儿苦着挣来的。她有点儿嫉妒和无奈。其实生活就是这样的，暗藏了无数奥秘。外人看到的，只是皮毛。谁也说不清，她家的财富到底是怎样堆积起来的。

那天回来的路上，我看到了一个被大风吹落的鸟巢。枯树枝

穿插交错着纠结在一起，织得很牢实。最里面是一窝软软的细草，还有一层羽毛，手摸上去很绵软。地上的鸟蛋都碎了，蛋液溅在碎石子儿上。

多好的鸟窝。鸟一定在大风里牢牢守护着自己的巢，可是风太大了。我说："是风的手摘走了鸟巢，又扔在了地上。"妈妈还是漫不经心地看看我，又想她的事情。

她从来没有想过，我长大会不会是一个诗人。她只是想，我长大后她要不要多给我一点儿嫁妆，不要像亲戚家的女儿一样哭着闹着不肯出门上马，丢她的人。

回头看那个寂落的村庄，亲戚家是最显眼的人家。房舍浩大，院子周正。门前燃过的火堆，还在冒着青烟。

冷风一波一波地刮来，刮在脸上，刮得清鼻涕都下来了。山上的残雪也被风刮得跑来跑去，雪会不会冷呢？我们过河的时候，冰面上落了霜，踩上去就滑倒了。我坐在一块石头上，在冰面上哧溜溜滑着，大声喊着："我要飞了——"

妈妈依旧没有在乎我，小心翼翼涉冰过河。她从来不知道，我是个想飞的孩子。她坐在河边歇气时，突然笑着说，这家人不像嫁女儿，倒像是演戏一样，娘俩演得多么热闹啊。

　　我也想起来，初看见新娘时，觉得她就是一个盛装的戏子，要去唱戏，不是出嫁。也许，她真的是去唱戏呢，那匹枣红色的马正驮着她赶赴下一个戏台。

　　现在想，人生真的像一台戏。四周看，都是黑压压的观众。若是有盛装的行头，就在戏台上唱。没有行头，就披了纱巾戴了花朵，在自己的院子里唱。日子，就是一折子一折子的戏连缀起来的。

小院等花开

村落小，八九户人家，散漫地蹲在腾格里沙漠边缘。院子却格外空旷——沙漠里地皮子宽绰。旧时这儿是边外滩，古长城随处都是。一镐刨下去，指不定就是老长城墙基，地皮子坚硬如铁。

院墙是黄土夯的，厚，笨拙，坚实。屋子也是泥土筑的，一派黄沉沉的气息。窗子还是木头格子糊了白纸的，至于玻璃窗——那可没有，都是三十多年前的时光啦。

庄户人家，也不懂得历史，拉着架子车，去古长城上刨一车子老旧的黄土，拿回家当肥料，种种树栽栽花。远处的古长城还立着，近处的，刨得一年短一截。

屋前种白杨，屋后也种白杨——别的树苗都短缺。春天刮老黄风，让人睁不开眼睛。冯家爷踏风而来，从一窝黄沙中簌簌冒出，不知从哪里得来一小捆柳枝、几根枣树苗。他老眼昏花，看着树枝子，像是盯着金枝子银叶子，目光里溅出天大的欢喜来。我虽小，才七八岁，但比老人还喜欢那些枝条。

几根枣树苗栽种在冯家的院子里。刨开坑，垫一圈羊粪，戳了枣树苗，填土，浇水。柳枝子呢，挺容易活，都直接戳在屋后的沙地里。我殷勤，一趟一趟拎了水桶去浇水——单单浇柳枝子。尽管是冯家的树苗。

只记得，那夜的月光黄亮得很，我拖着自己短小的影子，躲闪出门。后面还跟着更加矮小的影子——我弟弟，五六岁，瘦得像只羊羔子。然后，还缀着一个更加细小的影子——小黄狗，才捉来，走路还不稳当，边走边滚蛋蛋。三个鬼鬼祟祟的影子慢慢蠕动，偷眼朝冯家的庄门前觑过去，静悄悄的，一家子肯定都睡了。

也许八枝，也许九枝，不敢都拔回来，只拔了三五枝，逃窜回家。人虽小，却是种树的老手。坑刨得深，羊粪牛粪都垫进去，栽好了柳枝，在月光下细细稀罕了半天，方才恋恋不舍睡去。

天大亮，听得门外有人高声寒暄。冯家爷给我爹说话呢——那些柳枝子他昨儿走了几十里路，顶着黄沙抱回来的，今早儿丢了

几枝。屋后黄沙上两行小脚丫子印儿，一行狗爪爪印儿。

我家那年还没有庄门，一截黄土夯的墙，中间留着个宽大的豁豁，算是大门。进门朝右，便是整理好的一畦地，地埂上精心戳着几枝柳枝子——那是连夜栽的，多下功夫。

爹和冯家爷哈哈大笑，他们笑得几乎岔气了。于是，我弟弟跳下炕，跑出门去，飞快地把几枝树苗拔了，藏在灶间，气喘吁吁回来。小黄狗连滚带爬跟着，也累得呼哧呼哧喘气。

每天夜里，万籁寂静，我们慎重取出藏着的柳枝子，重新栽下去，浇水培土，细细欣赏一番，猛吸几口掺着树木气息的空气。清早，在我爹还呼呼大睡的时候，我们把柳枝子飞快拔出来，藏好。

整个春天，都在昼伏夜出地种树苗，一点儿也不觉得辛苦。那是我小小的，却又宏大的理想，发誓要在我家的院子里种出几棵妖娆的柳树来。白杨很多，也很难看，我不喜欢。我喜欢柳树喜欢得发疯。

夏天的时候，冯家的枣树枝子已经蹿出去一截子，枝叶繁密，而屋后留下的那几枝柳枝子，也冒出一簇簇细嫩的叶子——那是一种长不高的柳，枝干水红，叶子细软，婀娜多姿得要命。一定是沙漠里独有的植物。

　　而我的几枝柳枝子，早已干瘪枯瘦，一个芽儿也不曾有，黑枯枯的样子，我们还在昼伏夜出，风移影动。我总是固执地认为，有一天它们会发芽的。

　　那年夏天，沙漠里竟然也落下来几场雨。雨滴扑落在冯家屋后的柳枝子上，颜色愈发鲜亮，美得几乎要跳跃起来。我的脖颈里溅着雨水，头发上也是。我扔掉那几枝干枯的柳枝子，立在雨水里号啕大哭。我就是奢望有几棵柳，在我家院子里妖娆。可是，它们还是弃我而去，猝然消失在光阴里。佛家说，不要执着。可是俗世的欢乐，就是打执着而来。得便是欢乐，失就是痛苦。

　　像一只羊羔子守着青草，我天天跑到冯家去看枣树，看完又到屋后看他家的柳树，看得眼珠子发蓝，恨不能连地皮剜到家里。我家的院子里，虽然种了些白菜蒜苗，但我总觉得荒凉——是那种渗透了孤寂的荒凉。

　　第二年，我爹从很远的农场里买来几棵桃树苗、杏树苗，宝贝一样背回家。桃树苗送给冯家两棵，我家留了三棵。杏树苗只有两棵，我死活不肯分给冯家一棵，独吞了。我实在是攒够了渴望，哪能松手送人。

　　五枝树苗种下去，架不住我天天浇水，早早就抽芽撒叶了。

我领着伙伴们参观我家的桃树杏树，极尽炫耀。但是，有一天圆子说，他迟早要移走我家的桃树——他简直热爱死了它们，一看见桃树，眼前就会出现幻觉，满树的桃子正散发着诱人的清香。圆子连口水都要流下来了，尽管那纤细的桃树枝子上只挑着几片可以数得过来的叶子。

我夜夜睡不踏实，担心圆子趁着风高月黑拔走桃树。我的梦里，他总是在我家庄门里探头探脑地窥视。每晚睡前，我坚持把架子车堵到庄门口，当作门扇，企图挡住圆子影子般的独行。

我已经见异思迁，不喜欢冯家的柳树枣树了，脚踪都不闪一下去，见天在我家树前缠绵。爹说，桃三杏四。要等到满三年，桃树才要开花，结桃子。这可真是太慢了。他这么说的时候，秋天了，到了上学的季节。但我耍着赖皮不肯去学校——我有很多不去学校的理由，照看桃树杏树就是其中之一。但是，我爹满院子撵着捉住我，一路背到学校，把我像羊羔子一样交给老师。我在学校里哭哭啼啼念书，写作业，担心我的树苗被圆子拔走。

第二年，树苗蹿高了一大截子。再一年，都快要开花了，想想都是令人激动的事情。每个小孩的世界里，也有极其重要的事情——重要到影响一生的那种痛彻心扉。我坚信，一树一树的青桃子正耸着绒毛慢慢变红，在未来的光阴里等我。情不重，不生婆娑。小孩子的情，是对万事万物的热爱。即便是现在想起来，也在心里隐隐地清美。时光怎能滤去那遥远而美好的心意。

去年暮春时分，去深山里。一户人家的庄门敞开着，廊檐下坐着老人和小孩。门口的玫瑰哗啦啦盛开，似乎声音都听得到。突然想起年幼时为那几枝柳枝子，在雨里崩溃的大哭。而我的那个桃花簌簌落地的小院呢？早已经如云烟飘散了。

多少年了，心里还是藏着一个小院，不肯放下。屋前种花，屋后栽柳。院子里有父亲闲坐吃烟，看落花纷飞。自己得闲，绾起头发，摘一篮桃子分送给邻居们。我成了孤儿的时候，这样想。我四处飘零的时候，这样想。我打工的时候，这样想。现在，我居住在城郊一间小屋里的时候，依然这么想。没有人能阻止一个孤单的人内心还藏着清美的梦想——真的没有人能。

是的，世间最美的时光，莫过于小院里，和亲人一起等花开。

鸽　子

　　那对鸽子，很心疼，小小的，整天咕噜咕噜地叫着。它们嘴边的黄毛还没有褪去，小眼睛滴溜溜地看着这个陌生的世界，看着我的红脸蛋儿。

　　我拿纸箱子给它们做了窝，铺了一层旧棉絮。它们还不会自己啄食，得掰开嘴喂豆子。我的同学——鸽子原来的主人，这样教我喂乳鸽：手里攥一把豆子，拇指那留一个洞，然后乳鸽会把尖嘴伸到这个洞里掏豆子，很好喂的。

　　果然是的。两只鸽子卧在我怀里，伸长脖子掏着吃我攥在手心里的豆子——它们从自己母亲嘴里这样掏吃粮食，习惯了。一边吃，一边拿乌溜溜的小眼珠看我，样子很让人怜惜。

后来，它们会飞了。从屋檐下，一气儿飞到树梢，小小骄傲的模样。它们一起飞，一起寻食，一起脑袋对着脑袋聊天——咕噜，咕噜，不知在说些什么。

有时候，它们会飞到大树上，和一群麻雀在一起。麻雀们很吵闹，叽叽喳喳乱叫，一点儿也不理会鸽子。两只鸽子有些王者的风度，尽管它们还没有长大，但显得很从容淡定，不像麻雀们那么肤浅。

黄昏，鸽子飞回来了，它们早就学会了独自找食吃。鸽子低低飞旋在树梢，一圈，又一圈。我的伙伴们羡慕地看着我家的鸽子，我就得意扬扬起来了，不免要把鸽子吹嘘一番。

有一天傍晚，飞回来了一只鸽子，另外一只失踪了。我和弟弟四处寻找，也找不到它。我们没有翅膀，搜寻的范围很小，只好作罢。只觉得有些酸楚，那么漂亮的一只鸽子，说丢就丢了。蓝天这么大，它到底是怎么飞的，就迷路了呢？

剩下的这只鸽子独自在屋檐下咕噜，它的声音里有一种凄凉的感觉，一会儿扑棱棱拍着翅膀，一会儿又落在院子里，它的内心一定充满了不安和凄凉。

睡到半夜醒来，发现鸽子没有在自己屋檐下的窝里，而是蹲

在窗台上，缩着小脑袋，悲伤地眯着眼。我把脸贴在玻璃上，敲敲窗，鸽子睁开眼，在灯光下努力靠近玻璃——靠近我的脸。

那些天，鸽子孤单，忧伤。它落在院子里的花园墙上，发呆，不说话。我弟弟就唠叨着骂它，说它丢了伴儿，自己倒是飞回来了。鸽子无法辩解，在阳光里安静地打盹，也不去树梢散步。麻雀们那么吵闹，它也不去理会。

傍晚喂鸡，在院子里撒出一盆子秕粮食，它就默默飞下来，啄几粒粮食。一群鸡不拿它当回事儿，一只公鸡动不动就竖着鸡冠子撵它，它立刻躲到一边去了，软弱，委屈，与世无争。等一群鸡吃饱了，四下里散了，它才迟疑地飞下来，啄食剩下的粮食。

现在想来，它是多么孤单啊，没有父母，连一只伴儿也丢失了。它们究竟是怎么飞散了的呢？那只可怜的鸽子，那时候我以为它迷路找不到回家的路了。后来才知道，鸽子不会迷路的。

鸽子会不会用流泪的方式来表达伤心？它很少出去了，大半的时光，都在房顶上，或者在院子里，沉默地晒太阳，打盹。它用这样的疲惫，来怀恋那只走失的伙伴，打发着日子里的孤单。有时，它歪着小脑袋，看着蓝天发呆，一动也不动。它独自打发着它的寂寥，独自打理着自己的日子，慢慢长大了。

那只老公鸡也长大了,很霸道,不仅欺负我家的小黄狗,连圆子都不怕。看见圆子进门,它立刻竖起脖子里的毛。倒龇着的毛像刀剑一样,愤怒,尖利。它扑扇着翅膀大叫一声扑向圆子,狠狠啄一口,恨不能一口啄死他。圆子尖叫着惊慌逃走,老公鸡勇猛地追击,它的一群妻妾用赞美的眼神欣赏着。

但这只老公鸡慢慢地不欺负长大的鸽子了,宽容地允许它啄粮食,有时还凑到鸽子跟前晒太阳,它们眯着眼睛,翅膀靠着翅膀。有些半黄不黄的树叶子落下来,老公鸡有一搭无一搭地啄几下,鸽子歪着小脑袋看,一语不发。那样的时光,就惬意起来,温暖起来。那时候以为老公鸡是怜惜鸽子的孤单,现在想来,那只鸽子大约是只母鸽子。那么安静,那么矜持。

圆子送我一个皮球——唉,勉强可以说是皮球,油漆都脱落完了,灰不溜秋的,皮肤粗糙。怎么打气都打不饱,软塌塌的,几乎拍不起来。这么难看的一个皮球,我是很贪小便宜的,就收下了。玩了几天就不知所终了。

有一天,我和他打架,他没有打过我。圆子哭着回去,喊着他的姐姐哥哥找我算账——不是打架,是倒赃,他要讨回他的皮球。可是,唉唉,那个破皮球,怎么也找不见了。

我得赔给人家，尽管是一个破得有皮没毛的皮球。一个皮球两块钱，那时我爹抽烟用的烟渣子一斤才一块钱，还要常常赊账的。哪儿去找两块钱呢？圆子哭着闹着，要找我妈妈告状。我妈妈最恨我贪小便宜的毛病，要是给她知道，一顿好打是免不了的。妈妈打我，如果像圆子妈那样打布口袋一样乱打一气也就罢了，可是她专打我的红脸蛋儿，真是要命。人总是要脸面的，可她一点儿也不珍惜我的脸蛋儿，真是伤心透顶了。

后来，吵来吵去，圆子诡秘地眨眨眼，愿意拿我的鸽子抵账。

鸽子正在花园墙上散步，羽毛光洁，仪态优雅，肥肥的，那么美。孤独的美，爱怜的美。我抚摸它的羽毛，它立刻歪着脑袋靠近我怀里，样子乖乖的，有点儿撒娇。

我别无选择。为了要脸蛋儿，只能舍弃鸽子。就算挨了打，仍旧是要赔给圆子两块钱的，他绝对不依不饶。

圆子抓走了我的鸽子。它似乎有些惊慌和不安，扑棱着翅膀挣扎了几下，目光哀怨。圆子的手爪子像钳子一样，牢牢钳着鸽子，它徒劳地挣扎了几下，又沉默了。它认命了吗？

一直无法忘记，那是一个初秋的黄昏。圆子直接把鸽子的脑袋按进了一盆清水。鸽子睁着眼睛，圆圆的，澄澈的，张大嘴巴喝

20

水。它呛死了。那一刻，我痛彻心扉。我哭着从圆子家出来，在庄门前解开了他家黄骡子的缰绳，使气抽打了一鞭子。

黄骡子受惊了，疯狂地奔跑出村子，一路嘶鸣着绝尘而去。圆子姐弟几个慌忙出门去追赶黄骡子。临出门居然锁上了庄门。我再也见不到我的鸽子了。

黄骡子追回来时天已经黑了。圆子正在挨打，他妈打布口袋一样打他——他们炖在锅里的鸽子已经烧干了汤水，直接烧焦了，锅底也烧红了，正冒着烟。圆子拿着那只焦了的鸽子，抽抽搭搭地哭着，非常伤心。他不是为挨打哭，而是为错过了一顿美味。

那只孤单的鸽子，那只无法选择自己命运的鸽子，那么信任我的鸽子，带着它自己的悲喜沉默从我的日子里删除了。无数个黄昏，我仰头看着空空的鸽子巢，眼泪一粒一粒滚下来，温热的。再也听不见那咕噜咕噜的声音，再也看不见它优雅地散步。

傍晚喂食的时候，老公鸡就伸长脖子四下里寻找鸽子，目光焦虑。它一定不知道是我把鸽子弄走了，不然一定要拼命的。

这只悲戚的鸽子，没法从我的心里删除，多少年后偶然想起来，心里都要疼得抽搐一下。

有个落雪的夜晚，朋友们聚在一起吃饭。服务员说："本店

的特色菜是炖乳鸽，现宰，要不要来几只？"我一下子惊叫起来："不要，这个真的不要。"那只删除的鸽子，一下子扑棱棱飞在我眼前，那么善良，纯洁。

许多年了，我的心中，万籁俱静，那鸽子，早已经飞到万水千山之外了。张晓风说：放尔千山万水身，意思是放纵你那原来属于千山万水的生命而重回到千山万水中去吧！她说，这首诗其实是放生的诗。我的内心深处，早已放生了那只鸽子。

可是一个雪夜，让我又记起了蛰伏的疼，那么疼，那么疼。我害怕朋友们吃鸽子，我害怕这些美丽的小生命，瞬间枯萎。

那晚，真的没有鸽子，只有青菜，只有疼，还有一杯酒。只一杯酒，我便大醉，醉得东倒西歪——是心，在踉踉跄跄。

姑 舅 哥

中午放学，路过阳洼村的时候，树下卧着一条瘦瘠巴干的白狗。它枕着它的耳朵睡，却睁着眼睛。看人的时候，眼神有点儿不屑，还有点儿高傲。这么一条脏兮兮的破狗，居然还牛得很。我闲来无事，冲它瞪了几眼，又跺跺脚吓唬它。

谁知这条笨狗很生气，后果也很严重。它一下子恼了，蹿起来，朝我扑过来。都说咬人的狗不吠，它果然一声不吭，只管张牙舞爪地扑。我立刻蹲下，假装找石头。阳洼村的狗，我基本都打过交道了，都是我手下败将。这条破狗还是第一次冲突。

白狗子看见我蹲下，倏然刹住爪子，朝后一退。虚虚实实，狗也懂得战术。蹲一次就好了，下一次再骗，它就不上当了。不过

呢，老天保佑，我立刻掂起了一块青石头，足足鞋底子大。我扬起石头，和狗对峙了两分钟。我的喽啰们跑来了，他们嗷嗷地乱叫着，扔着石头土块攮过来救我。

阳洼村的人有两怕：脱缰的骡子，放学的娃娃。从一年级到六年级，我们几乎把村子里的狗挨着打过来了。那条白狗子一看架势不对，迅速转身逃窜而去。我们兴奋地又嗷嗷叫着跑出了村子，合伙抱着村口的一棵白杨树狠命地摇。我们基本每年摇死一两棵白杨树。学校里早有防备，基本都是沙枣树，刺儿多，不好摇。校长得意地嘿嘿笑着说：娃们，能得很去摇呀！

有个半大的女孩站在庄门前恨恨地骂着：啊就是那个刘家的老丫头事情多！她骂的是我呢。

阳洼村的女孩多，合计起来有二十多个。尽管村子挨着学校，却没有一个女孩读书，放羊的放羊，拔草的拔草。我们全校也不过七八个女孩。她们恨透了我，或者说是嫉妒透了我。一年级的时候，她们合伙欺负我，攮着打我，不让我从村子里过。我只好绕过村子进学校。即便是绕道，也被追打过好几次。我单枪匹马，她们可是一窝呢，你想想，我可怜不。

二年级的时候，她们又堵在路上的时候，我有备而来，拿出藏在书包里的石头，一顿猛打。她们逃跑的时候，我逮住最弱小的一个，骑在她身上，揪头拔毛。那一刻，她们读懂了我是一个很疯狂的人，动不动是要豁命的。

如此几回，再后来，我大摇大摆从村子里路过，没有一个人出来挑战了。不过，她们放开狗，让狗跟我开战。她们一心一意要打得我辍学才好。

可是，再凶的狗也是怕人的，她们村又没有藏獒和狼狗，不过是些笨狗，很好对付的。我已经能指挥动一群喽啰了。我们天天打狗，打了两年，直打得狗们听见学校的放学铃声一响，就立刻飞奔着逃命去了。

阳洼村的女孩们认定我是霸王，既然不能打得让我去放羊，就非常渴望我赶紧滚到初中里去。六年的小学生涯是漫长的，她们不堪忍受我的挑衅，背后无奈地叫我老丫头。

我回到家里的时候，院子里坐着我的姑舅哥，腼腆地看着我。我们把表哥表妹都统称为姑舅。姑舅哥是大舅舅的儿子。

他大我两岁，和我读同一级，也是六年级。因为学习太糟糕了，我妈妈自作主张给他转学来我家读书。姑舅哥脸膛红得发紫，紫得发黑。紫红的血管网眼一样浮在他脸上。他看人有点儿白眼仁，老

实巴交的，还有点儿木讷。

我和姑舅哥成了同桌。放学的时候，大个头的姑舅哥帮着我打狗，我的喽啰又多了一条彪形大汉，这让阳洼村的女孩们头疼死了。姑舅哥对我忠心耿耿，简直成了我的"爪牙"，很听我的指挥。

那时候，村子里的人常见到的情景是：放学了，大路上一个黄毛小丫头儿，单薄瘦小，却气宇昂扬地走在最前头，指手画脚的。后面跟着一大帮子拖鼻涕的小孩，呼啦啦跑，扬起一阵沙尘。突然又刹住，围成个圈圈玩沙子。又呼啦啦赛跑，吼吼乱叫，简直有些群魔乱舞的疯狂。他们说，就是刘家的那个老丫头领头着呗！

我妈妈喜欢做一种疙瘩饭，简直太难吃了。洋芋煮熟了，剥皮，切成疙瘩，调到煮好的面条里。再调进去一勺子酸菜。我实在不愿意吃那一个又一个的洋芋疙瘩和很多的酸菜。但是，她太强势了，我缠不过她，常常无奈地吃完。

自从姑舅哥来了之后，我就不必吃洋芋疙瘩了。每逢舀来饭，我便指挥他念糊在顶棚上的报纸。姑舅哥仰头，巴掌大的脸越发紫了，一个字一个字念。我从容地把不想吃的洋芋疙瘩和酸菜都挑到他的碗里，只剩下面条。姑舅哥念完报纸，看着一碗洋芋疙瘩发呆。他梗着脖子，一疙瘩一疙瘩地吞洋芋。他大约也是不喜欢吃洋芋疙瘩的。

煮了玉米棒子，有的老一点儿，有的嫩一点儿。我挑出嫩的，老的都让给姑舅哥吃。有的太老了，姑舅哥嚼着满嘴的玉米渣子，心甘情愿的样子。有时候我做饭，总是剩一点儿。姑舅哥就清扫了剩饭，腾出空碗给我洗。

我们去割苜蓿。姑舅哥吭哧吭哧独自忙乎着割，白眼仁一翻一翻。我弟弟放着灰毛驴，我闲来无事，和圆子赛跑跳房子。

毕业的时候，我考上了初中，姑舅哥留级了。

只记得他收拾东西回家的时候，很沮丧。我妈妈极力挽留，想让他再读一年。姑舅哥坚持不念书了，要去打工。他给我大舅舅说，梅娃子霸道得很。我妈黑着脸训斥我，我也黑着脸不看她。

后来，这个姑舅哥去很远的一个地方给人家放羊。放羊很多年之后，在当地招了女婿。有一年我在街上遇见他，还是紫黑的脸膛，巴掌大，没有宽一点儿。我以为他一定会老得看不成了，结果没有。稍稍沧桑了一些，没有多大的变化。也许，心地过于单纯的人，都是很耐老的。

后来，我离开村子，二十年了，再也没有回去。偶有熟人去到那个村子，打过架的丫头们喽啰们都捎话：让梅娃子回来一趟，

我们想她哩。大家还惦记着我的小名，还牵挂着我的日子，常常打问我的消息：梅娃子过得好不好哩？

人在年少的时候，怎么不轻狂呢？年少的时候，天地是宽阔的，心是野的，日子是有滋有味的。就算眼泪，就算小小的诡计，小小的坏事，也是多么欢乐啊。我漂泊在外，能留给那个小村庄的，只有一个疯丫头的记忆了。

焦家湾的狗

那个村子，像一块粗布，扔在一片荒滩上。

黄沙茫茫的天气里，风吹得人睁不开眼睛。大风刮呀刮呀，路上飞扬着沙土。村庄里也不见人，那么寂寥荒芜，好像一场风过去之后，这个村庄就会消失。

可是，走进去，却也不孤寂。人静风喧，狗也喧。大风一起，焦家湾的狗们就齐声狂吠，撵出来，站在大路上，声音嘶哑，在风里卖力地吠着。

气势凶猛的狗，叫声不是"汪汪汪"，是"哐哐哐"。声音不是从嗓子里发出来的，是直接从胸膛里窜出来的，那么狂野霸气。跟风较劲儿，没有野性是不行的。

骆驼庄园

　　我常常在想，狗们一定是看见了风里裹挟着什么才叫着的吧？我们看不见的东西，狗未必看不见。我弟弟却说，不是，它们生气，这个黄风一直刮着，烦躁的。它们叫，是命令黄风停下来。

　　黄风有时候听话，就停下来了。风落去，树也不再招摇。狗们都回家睡觉去了，叫累了。

　　焦家湾，这个大野里扔着的村落总是荒凉的，我和弟弟谁也不愿意去。可是，焦家湾有我家的亲戚，年年是要拜年的呀。为此，早在腊月里，我和弟弟就石头剪子布，决出胜负。谁赢了谁去，爹宣布的。只有一辆自行车，路远，两个人去是不行的。

　　我笨，寻常日子里总是输。但是，每到决策关头，我总是忘了游戏规则，拼了全力去赢，结果每年都是我赢了。弟弟阴险地窃笑着，同情地看着一脸愁苦的我。

　　那些年，狗真是多啊。

　　先不要说一路经过五六个村子，那些村子里一群一群可恶的狗们。单单就是焦家湾的狗，也是令人心惊胆战的。总的来说，焦家湾的狗比别处的更加肥硕健壮一些。不像狗，像狼。尽管我也没有见过狼的样子。但就是像。有的人家还养着两条，皮毛光滑，龇牙咧嘴。天，他们怎么想的啊？

　　我总是耍赖不想去，可是，弟弟天天督促着，尽心尽力。我的赖皮难以拖很久。他在院子里磨叽什么，却大声问："梅娃子，你还不去焦家湾啊？年都过罢了呀。"

　　唉唉！为什么大人不去要小孩子去呢？我爷爷在山里老家，我爹要去看望爷爷了。我不得不噘着嘴，穿了笨棉衣，闷闷不乐地去焦家湾。

　　路过每一个村庄的时候，我用最轻的声音通过，自行车嚓啦啦的，尽量绕过土坎坎儿石头什么的，不碰得咔嚓嚓响。不想麻烦狗们跑一趟。

　　有的狗很懒，明明看见我了，却躺在庄门口，随便汪汪着叫几声，闭上眼睛睡觉。风把它身上的毛吹得倒龇着，呼呼的，它早就入梦了。

　　有的狗很忠诚，看见我路过它家门口，就立刻凶狠地追出来。等它追到我的自行车，也就到村口了。我回头呵斥一声，它自己一看，也不是自家的地盘了，就讪讪收了爪子回去。别人的地界上，操心什么呢。

　　也有的狗很无赖，攆着我不肯松口，一直把我攆到村子外。但是，这样的狗不用怕，都是虚张声势的，不下口咬人。它们不过

31

是有点儿闷，腿脚发麻，找点儿事遛弯儿。老鼠太闲了，就啃木头磨磨牙。狗太闲了，就找个过路的小孩吓唬吓唬。

年年都要走的路，知道哪些狗老了，知道哪些狗正是厉害的时候。也知道谁家有偷狗子，背后咬人。谁家有好狗，只看门，不管路上的闲事。还有那些没有长大的狗，打磨好了爪牙，扑过来，火候不到，被我飞起一脚踢走。

有一次，一脚踢过去，太用力，鞋子就飞到狗前面去了。谁知那条缺德狗叼起我的鞋子就撒，一边跑，一边还回头看我，目光贼溜溜的。它知道鞋子对人很重要。幸好，它还嫩，道行不深，被我一路狂追，鞋子夺回来了。

也有运气特别好的时候，村子里一条狗也没有出来，家家户户都关着门。巷道里寂静无声，晒着太阳。那样的时光多么悠长啊，慢慢蹬着自行车，一家一家念着门口的对联。记忆最深的是韩大夫家的对联：

大将军，骑海马，身披穿山甲，去常山，来斩草寇；

小红娘，坐荷车，头戴金银花，到熟地，接见槟榔。

横批被风扯走了。不知道是什么打动了我，也许是中草药的名字诗意风雅，让我记了很多年。

常年和狗打交道，慢慢就琢磨出了一些道理。

狗和人一样。有的狗心怀慈悲，它只是尽职尽责看家护院。你不进到它的院子里，它不咬你。即便是随便闯进去了，也是大声狂叫，引来主人，并不咬人。这样的狗，活了一辈子，一次都不伤人。

有的狗，平日里很凶猛，但是，贪小便宜。贼要进去，先丢一块肉，狗吃了肉，就不吭声了。这样的狗很多。拿了人家的手软，吃了人家的嘴短。

有个人不偷人家的东西，专门偷狗，吃狗肉。他很懒，又馋得很。没有钱买肉，却有一手偷狗的绝技。

他去偷狗，白天里是踩好点的。心怀慈悲的狗，偷不到，因为它并不扑过来。它只是站在屋檐下，扯着声音狂叫，吵醒主人为止。

太忠诚的狗，也偷不到。它不贪小便宜，别人扔的东西不吃。它只是恪守本分，诱惑是没有用的。弄不好，还被追杀几里地。

但是，大多数的狗，都是贪便宜的。有的是因为吃不饱，看见吃食就立刻饿得忍不住。有的狗也是吃饱的，只不过出于本能，扔到嘴边的东西怎么可以不吃呢？

笨狗们吃的馒头，是被酒浸过的，蘸了一点儿猪血。然后，就醉了，躺着不动弹，等着被人掳走。再厉害的狗，总归是狗，不

骆驼庄园

如人会算计。有的人，连老虎都能打死，大熊都能下套擒住，一条狗，实在算不得什么。

但是，算计狗都是大人的事情。对于一个小孩子，一条狗就跟狼差不多了，很可怕的——当然是外村的狗。至于本村的狗，谁还把它们当狼呢，都当作自己的爪牙。我们跑，狗们也跟着跑。我们刹住，狗还被我们唆使着跑。还常常被我们带到沙漠里，追兔子。尽管它们很笨，兔子毛都追不到一根。

我还算是胆子大的。尽管害怕，尽管常常被狗追杀，但被咬伤是没有的。唯有一次，因为太迟了，大约是半夜了，我妈妈胃疼，或者是什么疼，打发我去韩家庄子买药，结果被一群狗围攻了。

韩家庄子也很远的，我也只有十一二岁吧，骑着车子，心惊胆战路过了几个村，找到韩大夫家，敲开门，买好了药。但是回来的时候，不幸被一群狗盯上了。它们狂追着我，一直追到村口。若是白天，我骑车狂飙，可以甩掉狗们。可是，夜里，黑咕隆咚的，骑不快。

有条狗大约跑得太猛了，没刹住，"咔嚓"一声一头撞在自行车后辖辘上。它痛得吱哇哇乱叫。嘿嘿，这么笨还撵人哩，一边玩去。

终于有一条狗撕咬住裤脚，我心里一慌，自行车撞在什么东西上，"咚"一下翻掉了。夜太黑了，我摔在路边，而它们，直扑在翻了的自行车上。那个铁家伙，好吃吗？我的惊呼和哭喊，狗的疯狂，惊动了路边场上看麦子的一位老人。他跳起来打跑了狗，救了我一命。

我常常想，在你最最危难的时候，有人突然就出现了，救你安然无恙。那样的人，应该是菩萨吧？

那位老人，我不知道他长什么模样。天那么黑，我哭得那么厉害。他送我走了一段路，叮咛我骑得慢一些，然后就回去了。

一个人的生命里，总有一些仁慈的人来搭救，让人心里温暖到老。

不过，那天晚上，我回家之后，因为哭得过于悲伤，惹怒了我妈妈。说真的，她不是一个宽容的人。她突然就发怒了，扔掉了我买回来的药片。

后来，十来年之后，我和她说起此事，我记得她那晚扇了我一个耳光的，也许是踹了一脚，把我踢出门外。可是，她说自己只是气坏了，并没有打我。打没有打，我也记得不是很清楚了。不过，我妈说，我是个容易记仇的丫头，这么小的事情记了很多年。

其实，比起记仇来，我更加容易感恩。因为光阴里的伤害很多，

若是一一记下来，日子非常累。所以，我说，时间是拿来忘记的，好多事情是拿来原谅的。而心怀善念，日子才会温暖很多。

这件事一直记着，是因为那晚，惊恐到了极致。那么多的狗，在黑夜里疯狂追杀。而我那么的孤独无助，像被整个世界抛弃。

种了善缘，会有福报。我常常觉得，菩萨心肠的人，总会有福报的。记着这件事，也是常常感念那个救我的老人。

白天走路嘛，自然是不必很惊慌的。我的车技好啊，飙车全校第一。一般的狗撵不上。我弟弟由衷地赞美说：梅娃子，你骑车天马行空啊，就跟女巫骑着扫帚一样，满天乱飞！

一路小心，有狗狂奔，没狗逛荡。到了焦家湾之后，先不急着进村子。远远地站在一个沙梁梁上喊：姑奶奶哎——

不过三五声，就引出全村的狗。狗沸腾起来，就惊动了人。我家的亲戚在村口，听见我的呼喊，就急急跑出来，迎我进门。

一般的狗，知道来了亲戚是不能咬的，就算了，走了。偏偏有一条狗，很执着。一直蹲在庄门口，饿老鹰守着小鸡一样，动辄就跳起来，盯着我不放。

想起来，真是奇怪的一条狗啊，它心里想什么呢？

它很肥硕，但走路轻巧。它的身子拉得很长，紧贴着墙根，悄悄进了院子。不是来串门的，也不是来偷吃厨房里的馒头的。它的眼神里有一种仇恨的东西在闪烁，偷偷扫一眼，很快就收敛回去。奇怪，我也没有招惹过它呀？我一年来一次，根本就不怎么认识它的。

为什么它要敌视一个陌生的小孩呢？因为穿的衣裳不够漂亮，有点儿破旧？这个难道是理由吗？

这条抑郁的狗，不是白狗，也不是花狗，也不是黄狗。皮毛有点儿灰暗，很难看的一种颜色。像肿了一样，全身的毛都浮着。它的眼神，飘忽不定，很阴险，好像藏着很多有毒的箭。冷不防，就射过来一支。

我在屋子里，狗悄悄蜷缩在墙根里，一直从门缝里窥视着。若要出门，先拎起门口的榔头把。狗看见我拿着家伙出来，就"啊呜"叫一声，夹着尾巴出庄门去了。我才可以在院子里玩。

有时候，它也不怕，怒目而视对峙着，不愿意出门。我若是打它一榔头把，其实还没有打到它，这厮就跳起来，拼了老命高声吠，好像我打了它很多下一样。

这样理直气壮地跑到人家来挑衅的狗，我姑奶奶就很生气。她拿了棍子追打出去，一直把它打到它的窝里。

本以为它再不来了，可是没有多久，这条狗又悄悄贴着墙根

37

来了，目光里闪着怨艾和凶狠，拉长了身子，拖长了爪子，贼眉鼠眼的，寻找这个破衣裳的丫头。我们小孩就合起来去揍它，它一边逃一边回头乱吠，非常委屈的样子。

如此三番，一家人都跟狗较劲儿，什么乐趣都没有了。鞭炮还没有放，小人书还没有看，跳格子还没有跳。连姑奶奶都被狗纠缠得菜也没有炒好。她叹息说，咳！跟一条死狗磨叽什么！

我们只好朝里扣上了庄门。可是，这么一来，串门的人也不来了。大白天的，扣着庄门好像也不对劲儿。复而打开，狗又溜进来了，又要对峙着。它可真是执着啊。

我拜年的有趣时光，就这样被一条癫皮狗搅和了。连我最喜欢的饺子，也吃不出来滋味。

以至于到现在的梦里，偶然还会和那条纠缠不清的狗打架。

后来慢慢知道，日子里，总是潜伏着这样隐形的狗，在一边窥视，冷不防咬你一口，尽管你一次也没有招惹过它。若是你较真了，好像不合适，跟狗较劲干什么；若是不理睬，它到底是纠缠着的，让人疲惫不堪。能抵御狗咬的，不是善良，而是一根榔头把。

现在我明白了，那条狗的出现，是光阴里的暗喻，是提示一个孩子：因为穿得破旧，就得时时提防被狗咬。

猫在野棠花落处

　　那只猫，蹲在墙头上，半眯着眼睛，傲慢得很呐。一棵沙枣树叶子浓密，光影遮挡，在它的脸上落下斑斑驳驳的树荫。猫的几根胡子，在傍晚的光线里，发出一线一线的光芒。虽然看起来有点儿威风，可我实在不喜欢它。确切地说，我不喜欢所有的猫。

　　可是，玲子喜欢啊。她嘬起嘴，喵喵叫着。那只猫唰的一下，箭一样射下来，跳到玲子脚边。玲子抱起猫，脸蹭在猫脸上，简直亲昵得不行。可是，猫的嘴是吃过老鼠的啊！我皱眉暗自思忖。更加过分的是，玲子挑起一筷子臊子面，搁在猫饭碗里，竟然连筷子都不洗，就大口吃饭。

　　顿时嫌弃玲子家的臊子面，虽然炝了葱花，浇了油泼辣子。

可是猫也跟着吃,我可不想和猫吃一锅饭。我说,吃饱了,剩下半碗给猫吧?谁知,玲子却说,我家的猫,不吃别人的剩饭,它很嫌弃的……

什么破猫。我嘛嘛骂了一句。那只破猫不高兴,冲我喵喵叫了几声,瞪眼,龇牙,露出凶恶之相。关键是它那眼神,蔑视,傲慢,冷漠,简直令我生气。

自此,我到玲子家串门,写作业,再也不肯吃她家的饭。不过,玲子有事没事,腋下就夹着那只破猫,像夹着毛绒包包。猫的爪子伸得长长的,梗着脖子,被拎到这儿,提到那儿,有时还被扔到炕上滚几个蛋蛋。玲子的哥哥也一样,出门的时候顺手抓起猫,进门时又随便一扔。猫儿习以为常。

我问,你家的猫儿,抓不抓老鼠?玲子回答道,它并不抓老鼠啊,不是逮不住,是不想逮。实际上它连麻雀都能捉到,小鸡都抓住吃了,可有本事呢。你见过猫吃花朵吗?一定没有。我家的猫就吃,把海棠花都吃光了。

那么,你家的老鼠谁抓呀?玲子说,老鼠嘛,虎子逮呀,你难道没看见,虎子很忙吗?草垛底下,房顶上,柴屋子里,它嗖嗖嗖跑来跑去干吗呢?就是逮老鼠哩。

虎子是她家的狗，又笨又肥，大概老鼠吃多了。

我大笑，你家的狗，也够奇异的，操这份心。

玲子腋下夹着猫，带我去看狗逮耗子。她的裙子是蓝花绸子缝的，蓬蓬的，像一朵花。我的布鞋有点儿夹脚，慢吞吞跟着。似乎是秋天，树叶子都金黄，沙枣树上缀满果实，泛着光亮。两个小丫头，一个猫，嘀嘀咕咕，走在柔情的秋天里。

有一年，我的同桌菊一家要搬到县城去。临走，送我一只布袋，袋子里有东西在呼呼地抓挠挣扎。她说，我家的猫儿送你吧，不然它太可怜了，你好好照顾它。我点点头，提着那只不断动弹的布袋，眼睁睁觑着她走远了，赶紧一扬手扔了。老天，我可不喜欢猫，能滚多远就滚多远。

那只猫，很硕壮，一弓身从布袋里逃出来，一路呼啸而去。不过，主人一家已经搬走了，留下空空的院落，一院子凌乱的废物。它在留下的旧物间徘徊，怅然盯着屋子发呆。没有饭，没有水，猫蜷缩在一堆破棉絮里，神情疲惫哀怜。

猫被我扔掉，可是我许诺菊要照顾它的，心里总有些惴惴不安。每有空闲，就跑到菊家的空院子，趴在墙头上去看猫。那只猫，倒也没有饿死，不过，成了野猫。它瘦掉了半个身子，变得又细又长，

一副瘦骨嶙峋的落魄样子。

有时候，它蔫蔫的，收起爪子，卧在窗台上，眼神悲凉。有时候，下了雨，它就躲在屋子里，只从风刮破的窗纸里露出眼睛。天气好的时候，猫展展地伸着四肢，仰着脖子，在南墙下睡觉。有一回，它就在墙头上溜达，瞪着我看，充满了敌意。然后轻轻举起爪子，慢慢朝后退去。想来它肯定不认识我，我只拎了一会儿就扔掉了，它哪里会记得。

这只被抛弃的猫，一定也哭泣过。它爬到沙枣树上啃沙枣，逮麻雀，也会溜到人家里偷吃鸡食，常常被邻居们追打到墙头上去。主人不在身边的事情，别的猫显然不曾经历。它们瞧不起它，朝它呵斥，跟它打架。有一次，我看见它浑身的毛被撕咬去几坨，伤痕累累地躺在窗台上喘气。我以为它要死了。不过，隔几天去看，猫好好的，蜷缩在树荫下，打着呼噜睡觉。一个废弃的院落，是庇护它的家。好歹，它有个落脚的地方，虽然四处流浪。

菊回了一趟村子，看到她心爱的猫活成了野猫。她很难过，问，你扔了它呀？我委实感到尴尬，就说，猫想家呢，我总不能天天拴着它？菊扭过脸不说话，悄悄看墙头的猫。我以为她回城的时候要带走猫，但也没有，仍旧让它当野猫。

两个小丫头，在树下沉默良久，各自分开走了。那只猫，在不远处的墙头上伤心地叫着。我不知道它吃不吃海棠花，倘若吃，也许会少挨几顿饿。不知怎么回事，我想到那只猫，就觉得它在野海棠花深处藏着，而不是玲子家的猫。

我家的亲戚，住在焦家湾，一个沙窝窝里。最怕去她家。一村子的厉害狗也就罢了，关键是她家养猫。虽说那只猫温柔，眼神也不冷漠，还时不时蹭到我脚边亲热，但我怕它。

夜里，大家都呼呼睡了，那猫提起爪子，轻轻走过来，掀起谁的被角，钻进去，咕噜咕噜念经。我紧紧裹住自己，被角掖得牢牢的，不许猫钻进来。倘若我一觉睡醒，摸着一个毛乎乎的东西，温热，骨骼分明，还在咕噜咕噜，会立刻大叫一声，一把抓出来扔了。太吓人了，破猫。

可是，那只猫很固执，最喜欢我的被窝，竟然藏在被子里不肯出来。每次醒来，赶紧伸腿动脚，看猫在不在被窝。果然，它躲在腿弯里，蜷缩成一团，睡得正香甜。我惊叫着掀起被子，抓起猫就扔，惊得一屋子人都爬起来。那时候，乡村里都是大炕，填了麦草，烧得热乎乎地睡着一大家人。

猫被扔的次数多了，就生气。它爪子上尖利的指甲勾住床单，

粘在炕上，拽不下来。我狠狠抓它，它的爪子也抓我，我的手背就被猫挠出一道血痕。结果打扰得一屋子人都睡不好。我说，害怕猫。大家都惊讶，不过是一只猫，可有什么害怕的呢？

谁知道呢。我就是怕猫。大概，我是属鼠的吧。一看见猫，我就想躲远一点儿，才不想和它亲昵呢。摸它的毛啊，抱在怀里啊，喂饭啊，想都不要想。不喜欢猫的原因，竟是怕它呀。

有一天清晨，走过一条林荫小道，一只小猫突然跑过来，活泼泼地在晨光里看我。它的身上沾着草穗，眼神略带忧伤，前爪支起来，样子乖顺。心里突然涌起怜悯，有一种想带它回家的冲动——天地之间，一个小小的柔弱的生命，在这样一个初阳升起的时候，和一个柔弱的人，相遇在树荫里，彼此对视。那一刻，眼泪也浮出来，漂泊的我，想抱抱那只流浪的小猫。

狼，藏羚羊，黑熊

狼

都是听来的故事。

我爷爷说，狼有状元之才，是极其聪明的。像我这样的人，笨的，当然不如狼有智慧了。读过很多狼的故事，但是我从来也没有见过真正的狼，狼毛都没看见过一根。

如果硬要说见过狼的话，动物园的那两匹狼算不算呢？它们俩当然是狼了，可是，两匹狼简直太老了啊，太落魄了啊，跟我想象中的美狼可就差远了。

都说相见不如想念。我内心的苍狼，是狼应该有的样子，要

霸气，要凶狠，要充满狼味。还要有狼的智慧，狼的狡黠，狼的矫健和飒飒英姿。可是呢，那两匹狼，甭提多失败了。它们披着一身脏毛，还正在一坨一坨地褪毛，太难看了，蔫头耷脑的，目光黯淡，根本没有传说里狼的神采。我们村任何一条笨狗都比它们精神气儿足。

我常常想，它们俩算不算狼呢？也许不算吧，没有狼灵魂的狼，就不能算了。所以，我觉得要见就要见真正的狼，拒绝它们俩是狼。看它们，蔫蔫地躺在铁笼子里，像什么样子啊。

梅里雪姐姐就见过狼，她小时候亲眼看见。天色黑下来了，老黄风呼呼地刮呀刮，狼就提着爪子进村了，两盏绿灯一样的眼睛飘来飘去，幽灵一样。大人们疾呼，狼来了，狼来了。以至于在她小时候的很长一段时间里，都以为狼就是两团绿灯笼做的。没有头，没有尾巴，就两盏绿幽幽的光在漂移，鬼一样恐怖。

后来，她终于在白天见到了狼。那匹狼很敏捷，嗖的一下跳进猪圈，叼起一只半大的猪，头一甩，就把猪驮在脊背上飞一样逃走了。她说，狼在很浓密的青蒿子丛里贴着地皮飞奔，草滩里劈出一条线来，眨眼就不见了。

梅姐的妈妈很伤心地哭泣，一头猪是很大的损失。可是梅姐的一个哥哥非常兴奋，因为狼让他大开眼界，他激动地满庄子奔跑，给每一个遇见的人叙述狼背猪的过程。这个哥哥描述得很精彩，尤其是模仿狼。他把头一甩，背一弓，像极了狼的动作。

他简直太亢奋了，根本无暇顾及自家的猪，一遍遍给人比画，意犹未尽。不过，他一直想不明白，为什么猪在狼脊背上那么老实呢？为什么不挣扎一下呢？他简直很期待狼再一次进村，再背一次猪，好让他研究一下猪在狼背上的状态。

梅姐说，她老家是个牧民村落，世代以放牧为生，和狼相处得基本和谐。但是，冬天下了大雪之后，狼找不到食物，就会进村偷袭羊。

她有个叔叔，会一种捕狼的方法，名字很恐怖，叫"立血柱"。

深秋，牧民们要大批宰牛羊啦，这位叔叔就去把牛羊血收集起来存放。山里天气凉，深秋就开始结冰了。到了冬天，下大雪，狼就要蠢蠢欲动偷羊了。这时候，用一个粗烟筒当模具，把一把两面都是刀刃的大刀立在模具里，灌入血汁，上面撒上胡椒粉花椒粉，立在屋顶上冻起来。

只要一个晚上，就冻结实了。除去模具，一个血柱子就冻好了。如此反复，几把利刃大刀，做好几个血柱子备用。

大雪过后，狼就巡视在村庄附近，伺机袭击羊群。晚上，血柱子立在羊圈周围。狼来啦，它闻见了血腥味儿，直奔血柱子。它太喜欢这个美味的血块了，伸长舌头左一下右一下舔舐。

花椒粉和胡椒粉的作用是让狼的舌头麻木起来。狼饿啊，就使劲吃使劲吃，一直往下舔啊舔。寒光一闪，露出锋利的刀刃，狼浑然不觉，卷着舌头一圈一圈舔舐，狼舌就被削成一绺儿一绺儿的。等它发现舌头没了的时候，为时已晚。隔两天狼就疼死了。削下来的狼舌就被牧民们宝贝一样拾走了。

这个方法很残忍，但是，在人力单薄的牧民村子里，为了保护羊，不得不拿来捕狼。

这个狼舌头呢，是一味好药，你一定没有听说过。那个年代的牧区缺医少药，医疗条件很差。尤其到了冬天，小孩子感冒发烧，扁桃体发炎，咽喉肿痛，滴水不进。这样的疾病，狼舌头就有奇异疗效。

削一点儿狼舌头，指甲盖大，穿一根线，打个扣儿，系在小孩牙齿上，让狼舌刚刚够到咽喉部位。见证奇迹的时刻到了，两三个时辰过后，狼舌化了，肿痛慢慢消失了，小孩可以喝水进食了。这样可以救命的狼舌，因为不容易得到，只留给小孩用，大人不敢轻易用。

梅姐说她的母亲小时候得了重感冒，咽喉肿痛，几天水米不打牙，都奄奄一息了。家人已经绝望的时候，恰好有一个找牛的牧人进帐来讨水喝。梅姐的母亲真是福大命大，这个牧人正好有一丁点儿狼舌，就救命了。

狼是有自知之明的。如果是它们自己去偷羊而吃了血柱子，也不会去报复的，忍声吞气死了算了。若是有人主动打狼撵到它们老巢，尤其是打死狼崽子，就会招惹来狼的报复。

梅姐说有一户人家上山打死了几只狼崽子。但是，狼寻着气味找来了，而且彻夜围着帐房嗥叫，这家人提心吊胆地过了一个冬天，夜夜守护羊圈。所以除了狼袭击羊群才要杀狼的，不然谁也不会去招惹狼。

有时冤家路窄，山野里，狼很饿人很乏，突然相遇。有句俗话说，麻杆子打狼——两下里都怕。狼的天敌也许就是人了，好像老虎狮子都不吃狼的。可是呢，狼虽然怕人，却也吃人。人虽然杀狼，却也怕狼。狭路相逢勇者胜，人狼对峙的过程一定是很惊心的了。事情的转机，就是靠智慧和勇气了。

我爷爷说过的一个故事。某人冬天黑夜里赶路，遇见一群狼。

狼一般是七匹为一群，那群狼怎么也有七八匹吧。狼前后左右夹住人，保持一定的距离。那人是个壮汉，不怎么害怕，呼啦啦点燃了路边的鞭麻墩。你没有见过鞭麻，那是一种很耐烧的植物，我老家那边很多。此人每隔几步就点燃一墩路边的鞭麻，他抡着棍子，打得火星子飞溅，狼近在咫尺却不敢靠前，眼睁睁看着壮汉一路点火，一路扬长而去。

做个壮汉真好，什么都不怕，一身好力气好胆识，连狼都不在乎。

老家每年正月十五夜里都要跳火堆子，整个村子里点燃无数的火堆，人喊马叫，放鞭炮，跳火堆，闹腾到半夜才肯罢休。现在想来，这种仪式，除了祈求一年风调雨顺外，可能也是对狼的震慑吧，相当于"军事演习"。

我四姑妈就见过狼。何止是见过啊，还差点儿被狼吃了。在她十来岁的时候，去深山里亲戚家。亲戚进城去了，留下她照顾家里两个小孩子。

晚上，风刮得呼呼呼，把窗纸吹得啪啪啪直响。两个小孩也就四五岁，天黑了就哭着找妈妈，四姑妈怎么哄都哄不乖。

狼循着孩子的哭声来了，呱嗒，呱嗒，爪子踩在冰碴上，不紧不慢，也不急躁，是一匹老练的狼。亲戚家没有院墙，一个黄土台子上一间破房子，三个小孩而已。狼把两盏绿幽幽的"灯笼"照在窗户上，从被风吹破的窗纸洞里窥视。屋里点着一盏煤油灯，四姑妈和两个小孩吓得没命地哭喊。

狼呼哧呼哧喘气，口水都要流下来了。它拿起一只爪子，哧啦哧啦抓破窗纸。又用爪子拍打木头格子的窗户，打得啪啪啪直抖。狼还低低地吼了几声，牙齿切得咯吱咯吱响。它太高兴了，这三个白白嫩嫩的小孩，简直太美味了。

四姑妈惊恐之中跳下炕，把大案板扛到炕上，挡住窗子，后背死死顶住。穷人家仅仅这件家当，就拿来挡狼。那时的窗子很小，二尺见方，牛肋巴一样，横竖几根木头做成格子，糊上白纸，贴上窗花。大案板倒是很结实，足以抵抗狼的袭击了。

狼走了，没有了声息。夜深人静，猫头鹰偶尔叫几声，声音恐怖瘆人，阴森森地渗进骨头。四姑妈吓破了胆，指挥两个小孩拿来扁担顶着案板，她骑在扁担上。三个人在炕上瑟瑟地抖成一团。

好久好久之后，也许是凌晨两三点钟了，两个小孩已经熟睡，四姑妈也睡意蒙眬的时候，狼又来了。她清晰地听见狼爪子踩在冰碴上，呱嗒，呱嗒，轻轻地，不紧不慢地，走近窗户。不，不是一

匹，是两匹。四姑妈的牙齿和身体都在颤抖，扁担也在颤抖，案板也在啪啪啪地抖。

然后，是狼爪子挠门板的哧啦哧啦声，先是在门板上挠，后来是在窗户上挠，真的是两匹狼啊。声音还是不紧不慢，胜券在握的那种感觉。狼挠门板的位置很精确，在门闩的位置。据说狼只要在门板上挠一个洞，就能伸进爪子拨开门闩。那时候的门都是那样的。

四姑妈几乎绝望了，也许被狼吃掉只是时间问题了。惊恐无助的她开始放声大哭，喊她的妈妈——我的奶奶。那两个小孩招惹狼的时候是很能哭的主儿，哭得差不多把房顶揭了。可是真正需要他们哭喊着弄点动静的时候，却呆呆地不出声，睁眼看看四姑妈，居然迷迷糊糊又睡去了，任凭四姑妈一人独自叫喊。

狼一声不吭地干活。门板快要抓通了，也许再用几爪子，狼就会破门而入了。窗子上顶着的案板也摇摇欲坠了。

这个时候，已经快黎明时分了。村庄里有一个早起担水的人路过了这间土屋，听见了四姑妈嘶哑的哭喊。他走近一看，两匹狼正在努力着，一心一意打洞。这个人大吼一声抢起扁担，狼跳起来，并不害怕，相持几分钟后才慢慢走了，很不情愿的样子，依依不舍的样子。

死里逃生的四姑妈一辈子都不能忘记狼爪子的呱嗒声。她身体虚弱时常常做噩梦，梦见打着绿灯笼拍门板的狼。这几年，除了梦见狼，她还无端地梦见日本鬼子，和狼一起努力拍门板。这样的梦真是奇怪。她是生在新中国长在红旗下的人，没有见过日本鬼子，可是她居然能梦见鬼子和狼勾搭到一起拍门板。

即便是现在，四姑妈晚间睡觉前一定要仔细检查门窗，她家的门板都是顶顶结实的，这个被狼吓破胆的人。

还有个故事是文友说的，比较搞笑。她在一个动物园里，看见一匹狼的铁笼子隔壁，关着一只羊。

羊很坦然，吃草，饮水，咩咩咩地叫，很悠闲，有滋有味地过日子，一点儿也不在乎一网之隔的狼。但是狼无比焦虑，它走来走去，舔嘴抹舌头，又用爪子拍打铁网，欲罢不能，简直寝食难安。

我觉得这个创意太有意思了。也许羊并不知道这匹狼是个什么东西，现在圈养的羊根本不知道有狼这回事。它们的梦里早已没有了狼的踪迹。羊很奇怪，隔壁这条笨狗走来走去的，不好好过日子，这样有意思吗？

据说狼们喜欢群而攻之，彼此间配合很默契，也很团结。看

很多故事说狼知道报恩，懂得情意。

某天看一档相亲节目，其中一女孩陈述她择偶的条件：有健壮柔韧的体魄；有敏锐的观察力，对事业有锲而不舍的精神；对自己要忠诚，专一，为家庭承担责任；做事要有自知之明，不可有傲气，但不可无傲骨……

那一刻我想，她找一匹狼好了。她的这些要求，狼都具备。

藏羚羊

梅姐说，藏羚羊是极为善良通人性的。她说，那时候，她老家附近的雪山上常有藏羚羊出没。

藏族人民从来都不伤害这天使一般的小东西。两人喝醉酒吵架对骂，说你祖上是捕杀过藏羚羊的。这句骂人的话分量很重，可以秒杀对手。

有女儿的人家找个女婿，不一定打问男方有多少财产，却一定要打问一下，他家里，祖辈有没有杀过藏羚羊呀？这是鉴定人品的一个标准。

那个遥远的年代，藏族人民的生活里需要一味药材，就是藏羚羊的角。羚羊角有平肝熄风的功用，主治高热惊厥，神志昏迷，还是治癫痫病的首选良药。小儿发烧抽搐，用羚羊角磨汁，灌服，效果立竿见影。

但是，藏羚羊的奔跑速度快得跟闪电一样，身形矫健，山崖沟壑都飞一样跳跃过去。要想抓住它锯一点儿羊角，几乎是不可能的。

祖上传下来一个骗藏羚羊的方法，很灵验。

两个人搭伴儿，到藏羚羊出没的地方，一定要在藏羚羊的视线之内。然后，两人假装吵架，打架。不必打得很激烈，死拉活扯地做个样子就行。不过呢，要逼真一些，不要太假。

就这么演戏，一直演好几天。可怜的藏羚羊就在远处悄悄观察着，它们太善良了，不忍心看着两人又打又骂的。等它们确定没有危险的时候，就有一只藏羚羊奔过来劝架。它横在两人中间，用脑袋把一个人顶到一边，再调转头把另一个顶到另一边，用它清澈的大眼睛注视着人，不许他们打架。

取羚羊角的人伺机下手，在它把头顶在怀里的时候，逮住它，锯一点儿羚羊角，再放开它。

你想，这样心灵清澈的小动物，谁要下狠心捕杀，牧民们是无法原谅的。一个人呢，如果下了狠心杀过藏羚羊，那他一辈子都

会良心不安的。

还有一个故事是镇子上的老段爷讲的。

他说在 1960 年闹饥荒的时候，眼看全村人都要饿死了，村里决定杀一群羊来度过饥馑。因为是春天，这群羊都在深山里。人们进山开始杀羊。段爷说他担任杀手，记不清宰了多少只羊，总之一群羊快要杀尽的时候，一只藏羚羊从山顶斜抄下来，奇迹般地出现在他面前，双膝跪倒，眼泪汪汪看着他求情。

段爷说那时候他才 20 多岁，正是冒冒失失的时候，也是被饥荒饿昏了头，也懂得藏羚羊让他手下留情的意思。但他杀了那只跪下的藏羚羊。他以为，一只白白送来的羊可以救几条人命。

但是后来，日子好起来以后，他慢慢体味出了那只含泪下跪的藏羚羊内心的善良。这件事折磨了他一辈子，他的梦里常常是那只眼泪汪汪的藏羚羊。

这个故事一定是真的，因为段爷是食素的，拒绝一切肉食。他用这样的坚持，来救赎他内心的不安。段爷晚年比较恓惶，他说，下辈子，他若还能托生为人，就专门去守护藏羚羊。他这样说着的时候，老泪纵横，嗓子里哽咽起来。

黑 熊

一共七只。一只母熊领着六只小熊。这是去年的事情。

梅姐的邻居亲眼看见这几只黑熊出没在牧场附近的森林里。春天的时候，这七只熊从山上下来，绕过梅姐老家西顶牧场，又一路向西，上山，进入邻省的森林里去了。

草原上的消息传得飞快，几乎西顶所有的牧民都知道黑熊出来了，大家一路跟着残雪上黑熊留下的踪迹，一直跟到邻省地界。他们希望可以保护黑熊，希望来年再见到它们。

牧民们一直等着熊的再次出现。按照熊的习性，过几个月它们就会按原路返回的。这是很高兴的事情，这山野，这牧场，是大家的家园，有狼，有熊，有兔子，有旱獭，有小鸟，这才是牧民们喜欢的。

狼已经绝迹很多年了，没有人看见过。有几只黑熊也好啊，慢慢地动物们会都回来的，回到草原回到雪域高原。

但是，一直等到今年夏天，黑熊们一直没有出现过，一只也没有。

原因只有一个，它们被偷猎者捕走了。不然的话，它们还会

回来的。既然牧民们能发现黑熊的踪迹，偷猎者也能。而且，那边的森林要比西顶的森林大很多，更能吸引偷猎者的目光。

有那边的牧民过来，这边的人就打问，见过那七只熊没有？但是没有人看见过，说明进山不久就被捕杀或者捉走了。

所有被捕捉的动物里，黑熊是最悲惨的了。倘若是一枪毙命倒也罢了，却偏不，让它活着，拿钢管穿破腹部直达肝胆，生生地榨取胆汁，太悲惨了啊。

这样的人，不如狼。狼尚且讲仁义，尚且知道感恩回报。不如狗，狗尚且懂得做狗的底线。

这么残忍的偷猎者，如果看到流泪的藏羚羊，会不会惭愧呢？我的一位朋友说，这样作恶的人，基因里有一种恶的因子，会遗传的。如果一个孩子从小就剔除了这个恶的因子，那么长大后就善良了，不会去犯罪。

我说，为什么不筛选一下，把恶的因子打小就统统剔除呢？这样生活里就会温暖很多。

我的朋友说，那是不行的。那样不符合人类社会的发展。

我是个知识很少的人，我不知道朋友是不是在诓我。但是，我想，那些能下手榨取熊胆汁的人，一定比别人多一点什么，或者是少一点什么。如果有什么疫苗，先给这些人注射一支吧。

佛祖会把这些人的下辈子，都轮回成一只黑熊。

梅姐的邻居们没再见到七只黑熊，总是有些失落，有些伤感。牧民们在草原上遇见了，不免要感叹一番，唉唉，那七只熊一直没有出来！

卷帘看花

　　小时候，家里种一种美得惊艳的花，叫虞美人。花一开，整个小院子都绚烂起来。蓬荜生辉，应该就是那样的意境。

　　院子是素淡的，土房子，墙角几根没颜色的木头，快腐朽了。几捆干柴，一堆干牛粪，半截黄草垛，墙头上几丛青草。唯有房后的几十棵大树，都快长到半天里去了，堆砌出浓厚的绿荫来，让土眉土眼的院子有了几分气势。

　　但是，虞美人一开，草木摇曳，生机勃勃，院子里就不一样了，像贫寒的女子披了嫁衣，那么灼灼绚烂，令人忍不住痴迷——这是季节的诡计。明明这么素淡的院子，却偏要开出如此绚丽的花。

　　锦上添花，那是添在锦缎上。而我家的小院子，分明是一匹粗布。可是呢，粗布上添了花，却禅意得很，少了俗气，多了清雅。也多了一分山野气象，不虚浮，扎扎实实地好看。深山小院，老树昏鸦，几枝美得炫目的花朵，肯定是《诗经》里的风韵。

"陌上花似锦"，大约也是这样的意境。原野之上，花开得收刹不住，苍天的花袋破了，花多得一个劲儿漏下凡界来了——好得让人忘记所有的忧伤，好得可以原谅所有的仇人。

家里也种菊花，但是秋天才开，太遥远了。而一畦薄荷，虽然开花了，却那么细小，不仔细看，还寻不见。它总是太含蓄了，而我们几个小毛孩子，不懂它的意蕴，觉得可以不算花，算一种叶子罢了。只有天天盼着虞美人开，觉得只有它才是花。人小呢，不知道花是有品位有脾气的。

那块地里施了底肥，花开得早，花朵也格外肥大。清晨，阳光打在鼓起来的花蕾上，欲开未开。我要去挨个捏一捏花苞，指尖弹去露水，捕捉一声声细微的"噗"声。要么，把裹紧的花苞慢慢撕开，让还未长足的花瓣露出脸。

我等得急躁，想让它们一下子全都盛开。

我的奶奶，老了，没有力气走很多的路，就坐在门槛上，伸着她的食指，骂一声：狼吃的，花都被你捏死了，怎么开啊？

61

　　我飞快地逃走了。奶奶的一指禅很厉害，一指头就能让我从院子里飘到庄门外。而且，她只要追上我，手里的拐棍也挥舞得有风声，呼呼的。

　　奶奶挪着脚步，把一桶水洒在花畦里，拄着拐棍，长时间看那些被我捏过的花苞。阳光落在她的脸上，很温暖，像一尊慈眉的菩萨。她的一身青衣裳，破旧，却干净。裤脚用一根布带缠起来，头上缠着一块青色的长手帕，手帕的穗子垂在肩上。家里的人都忙去了，留下我们祖孙三人。我弟弟坐在门槛上晒太阳，眯着眼睛不说话。院子里安静得，有了一种禅意的空灵。

　　我们都在等着花开。

　　那花忽而就开了。刚到中午，阳光稍微一烈，它们就拆开了自己，盛开成一朵最最好看的花，真是熙熙攘攘地美啊。弟弟稍微打了个盹，奶奶只不过去庄门外找了我一趟，我不过是从河滩里拔了几丛狗牙花。奶奶说，丫头，花开了呀！

　　我一直觉得心性里最美的情怀，是以童年的那些花为原料的。酒一样，一辈子都会醇香。深山的人家，太阳底下，缠着青手帕的老人，两个小儿，对着一畦盛开的花朵长时间静默。人静花喧。因为美，让我们无言，发呆。

但是，我总是担心花朵的凋谢。我说，明天，花会不会落去？奶奶已经少了几颗牙，嘴巴干瘪起来。她老得不想说话了，只愿意好好地看着花开。我有些忧伤地想，花瓣落在地上，晒一晒，就像奶奶的样子了，干枯，衰败，失去颜色。

落花的境界，虽是万籁俱静的禅意，但心里到底是不忍的，就算是个孩子，也知道伤感。那么美的东西，隔天就要凋谢了，辞了枝头，辞了大地，辞了我们而去。再等，还得一年。而一年，是如何漫长与无奈。伤感不是转瞬即逝，而是埋藏得很深。

花开得沸沸扬扬，就撑开了一个孩子童年的梦，贴心贴意讨好着我。任凭我摘下一朵，揪了两瓣。小孩子的表达方式很独特，喜欢一样东西，就想把它毁掉。你自己凋谢也要枯萎，我摘下来也是枯萎，但是，我偷偷摸摸采摘的过程，却又有一种奇异的愉悦。伤感不易表达，而由于狂烈的热爱去毁坏，却是一个花季的事情。

花朵一路开，一路被我捯饬。我的奶奶那样衰老，腿脚那样慢，撵不上我。她跺跺脚，我像小鸟一样扑啦啦飞走了。她稍微打个盹儿，我已经盗窃了半朵花。她也无法让一个野丫头明白爱是不能这样疯狂的。

后来的日子才慢慢明白，因为爱得深，而去亲手破坏，那是

因为幼小的潜意识里，害怕它猝然而逝。

太好的东西，总想一辈子拥有，天天看见。而它，总是急着去凋谢，让我无法挽留美，让心惶恐。把这种美打碎了，心就甘了。爱的表达真是奇怪的事情。

那样惊艳的花朵，就在我的童年里飘摇，直到一地落红，直到被季节带走。一地落红，却不曾扫。一扫，心里就疼。因为爱得那样痴迷，那样不顾一切。而今它却零落一地。

后来，长大了，又去看虞美人开花。可是，无端地觉得，这样的花，美得像一则谎言。是的，罂粟不是一种诚实的花，美得颤抖的那种绚丽的东西，好像不是人间的，都是它从天上骗来的，从季节深处拐来的。

长大的心情就理智了，不会因为爱而发狂，不去拆毁它，只是安然看着，看着它一丝不苟的美。我相信，花是有花神的，统领百花。而每一朵花，都是有魂魄的。没有魂魄，怎么可以如此惊艳？每一朵花撕开自己的时候，都是会疼的。也都会收到一丝细微的信息：开吧！季节到了。

它就悄悄开了。

它的眼睛藏在花蕊里，心却藏在花根里。知道我爱它，摘去的几瓣只是它的衣裳，而心，还藏得好好的。

爱是相依相随的一段过程，像初恋，季节一到，就告辞了，很难重复。可是，牵念的心还依旧，稍微一恍惚，就回到了过去。

有人跟我说，她幼时家里也是种过虞美人的。我说，一定没有我家的好看，我家的白的粉的红的，那么风韵。她却淡淡地说，好看不好看，已经想不起来了，模糊一片。

可是，我记着我的花，每一瓣都清晰地在心里常年盛开，梦里落去。好多年前的花朵，仿佛昨天刚刚开罢，还是那样新鲜。那长长的光阴，在花的眼里只是一瞬。

和花儿在一起的，还有青衣裳的奶奶，站在一片阳光下，发呆。那么老，白发如雪。衣衫依旧灰楚楚的，我揭开一角，把脑袋藏进去。

其实，世间最冷落最残酷的东西，是遗忘。真正的爱是过了千年都还记得。而遗忘，就是爱彻底地背叛了。一个人的记忆里，已经没有你的影子，彻底空白了一段情缘，爱和恨，都不重要了。这才是最最无情的。

葵 花

　　那个村庄，在沙漠里。

　　向日葵呢，都种在沙滩上。我们村的人，都叫它葵花，还不知道它有个名字叫向日葵的。

　　葵花长到和我一样高的时候，就快要开花了。爹说，浇一遍水吧，不然花开不肥。这么一说，我和弟弟就低下头不吭声。我们俩都很懒的。爹谄媚地笑着，黄黑枯瘦的笑脸也像葵花一样，跟着我们转，那么饱满。

　　浇水就要追肥，这简直是一定的。爹拎着铁锹，在每个葵花根底下剜一个小坑，我跟在后头，往小坑里填一把化肥。我弟弟最后扫尾，一脚踢进去土，把坑踩实，埋好化肥。弟弟踩得很快，在后面喊着："梅娃子，你快些行不行？"

我也催着让爹快些剜坑。货郎跑得那么快，不是腿脚好，是因为后面被狗撵着。

我跟得紧，葵花硕大的花盘和爹擦肩而过，反弹过来，哪一下打在我的脑门上，打得我晕头转向。爹转身，讨好地笑，知道我动不动就尥蹶子不干活了。他一个人实在累啊，剜那么多的坑，七八亩地呢。

我家没有很多的钱买化肥，仅有的一点儿化肥就得珍惜着埋好，不能让大水胡乱冲走。阔绰的人家，就大把大把地撒着化肥，白亮的，青灰的，散发着刺鼻的味道，在地里撒了一层，像落了清霜。让水随便冲好啦。怎么冲，肥水还都在自家的田里。

水渠里的大水已经哗哗地奔涌来了，像野马，横冲直撞。水冲进葵花田里，我听见十万葵花咕咚咕咚喝水，直喝得嗓子里打嗝儿。

浇过水之后，那些化肥，就暗暗催着葵花生长，狗撵着一样。才两三天，葵花就全部开了。

十万葵花开，那花像火苗一样跳跃，灼灼地燃烧起来。村庄被花攻陷了，沙漠也被花占领了。上学的路上，路两旁都是葵花拥

挤的笑脸。葵花开呀开呀，浑身的劲儿都拿来开花。它们，这么高兴干吗呢，龇牙咧嘴的，开得一塌糊涂。

太阳在哪，花朵就朝着哪。多么神奇的花呀！

我爹坐在地埂上吸烟。他把烟渣子揉碎了，卷在报纸裁成的纸条里，卷好了，慢慢吸着，好像很香甜。一口一口，吐出淡蓝的青烟。他看着一地碎金子一样的花，满眼的舒畅，回头说："丫头，这葵花开美咧！"

花开得也不甜腻，很清爽。也不妖冶，干净，清冽。

有些花开着开着，就心花怒放，怒放得简直要抽风了。葵花可不，清纯，烈而收敛，有君子气度。

我汗流满面地打杈枝。叶腋下偷偷伸出来好多枝，也顶着一个拳头大的花盘，企图也要开个花。这个都要摘掉，不能要。顺便看脚下杂草不顺眼的，一脚踢飞。

打下来的叶子花盘，都是灰毛驴鲜嫩的口粮。它幸福地嚼着，嘴角淌着绿色的汁液，浑身闪着油亮的光芒。咳儿咳儿地叫两声，身上的皮毛抖动着，颤颤的。

我家还有一只大肚子的羊，也在田埂上吃葵花叶子。我故意把叶子扔在它的脑门上，它甩甩脑袋，不看我，急着挑挑拣拣地搜寻着细嫩的叶子吃。这是一种境界，它的眼里只有草，看不见我。对我的挑衅不屑一顾。

清晨，阳光倾在沙漠里，倾在葵花上，那种金黄，简直让人束手无措。十万朵花，面朝东方，似乎可以听见轰轰烈烈燃烧着的声音，如火如荼，连沙漠都快要被花点燃了。

万籁俱静，只有花开的声音。鸟不鸣，花却喧嚣。看一眼，被野性的美击打得丢盔弃甲，落荒而逃。太美的东西，让人自卑。

一场盛大的花事席卷而过。花开败了，就收了。葵花子开始汁水饱满，一天天鼓胀起来。花谢了，葵花就低下花盘，看着地面，熨帖而亲切。但是，还是跟着太阳转。早上朝东，中午向南，一点儿也不含糊。花的心里，是怎么样想的呢？

最令我震撼的事情，并不是开花的盛事。

葵花子饱满之后，花盘都要被割下。家家户户都割走花盘，把秆留下。留在地里的葵花秆，像一地拐杖挺立着。拐杖不绿了，慢慢变得枯黄，黑瘦。叶子在风里瑟瑟地抖，枯萎着，也被风摘走了。

一地枯瘦的骨头，寂寞，衰老，撑在一天天变冷的天气里。

前半生荣华，后半生寒碜——你以为这是真吗？

不是，那没有花盘的光秆，脖子朝前伸着，还是向着东方，

面朝太阳。一丝不乱，苍茫肃穆，暗含着一股强大的气势。这疏朗辽远的意境，真是惊心动魄的美。

一个初冬的清晨，我上学迟了。出了村子，突然被一种硕大的气势震撼了：大漠里浩浩荡荡的十万葵花秆，仿佛从天空射下来的密密麻麻箭镞，令人惊诧。葵花秆上落了明亮的清霜，在阳光里闪光。葵花脖子，都朝着东方，黑炯炯的，像眼神。一根都不曾乱。肃穆，庄严。那种萧萧气势，一下子让我慌乱。我担心，它们会在某一时刻屈膝下跪，叩拜东方。

倏然泪下，因为感动。天啊，这些光秆秆的心里是怎样的情怀啊！苍茫天地，草木才是主人，我们只是过客。

光阴里一定藏着一些我们不知道的秘密，草木知道，天地知道。就算枯萎了，失去了花盘，内心的信仰还是一样的，还是纹丝不乱。万物生，万物荣。而这肃穆，这萧瑟，都是天意——只有草木自己洞悉。

种瓜的父亲

父亲卖瓜，自己没有运输工具，是雇了别人的手扶拖拉机去卖。他是个地道的庄稼人，卖瓜对他来说太难了。车停在路边，他坐在车上，和一车西瓜一起晒太阳。汗水顺着他黑黄的脸颊吧嗒吧嗒往下滴。一顶旧草帽根本遮不住多少日头。他坐在西瓜堆里，汗流满面。他是会出汗的西瓜，西瓜里的瓜王。

零星的顾客挑挑拣拣拨拉着车里的西瓜。父亲脸上堆满谦卑的笑，心疼地看着那些滚过来滚过去的西瓜。他不停地说，慢些拨拉啊，别碰坏了。

偶然遇上个大主顾，要几百斤西瓜，父亲就慌忙搬出一个圆溜溜的大西瓜，又慌忙切开，热情地让人家尝尝。尝瓜的人在一牙

西瓜上用牙齿尖咬上几小口，就扔在脚下。鲜红的瓜瓤在阳光里水光盈盈，一地汁水。父亲皱皱眉，心里疼得抽搐一下。

这些西瓜，刚刚坐瓜时只有一粒豌豆大小，是他一颗一颗拨弄着长大的。每个西瓜都打磨掉他手心里的一层皮，每个西瓜都落满他厚厚的一层爱抚的目光。他爱着它们，心疼着它们。现在，他看着脚下被糟践的西瓜，心里的疼蹿到眉梢，拧成一个疙瘩。他吸一口气，牙疼一般，发出嘶嘶的惋惜声。

父亲的瓜最贵的时候卖一角四分钱一斤，最便宜的时候卖两分钱一斤。那是 20 世纪 80 年代的瓜价。他是个庄稼人，不是买卖人，实在不会卖瓜。他总是担心一地的西瓜熟烂在地里无人问津，就慌慌张张地卖着，他总是觉得能卖出去就不错了。瓜是自己种出来的，赚了赔了界限不是很分明。

父亲不善于卖瓜，就和村庄里的很多庄稼人一样，跑到大路上去等车。每当有一辆两辆空着的卡车驶过来，他们簇拥过去，询问是否是拉瓜的车，询问人家收瓜的价格。但往往是狼多肉少，一辆车上围一圈瓜农竞争。他们相互拆台压价，谁出的价钱最低，车主就跟着谁走了。尽管这样，父亲不善于言辞，还是拦不下一辆车。

后来，他就跑到公路的上游，跑到离家几十里的土门，永丰堡去拦车。偶然拦来一辆收瓜的车，让他高兴不已。拦来的车停在路边，车主坐在瓜棚里。父亲又递烟又切瓜，依然是一脸谦卑的笑。车主把咬了几口的西瓜扔在脚下，瓜瓤汁水淌着。父亲毫不掩饰地拧紧眉头，心里疼得抽搐。

一车瓜拉走了，父亲捏着手里薄薄一沓纸币，抬起衣襟擦擦脸上的汗，像甩去一个大包袱那样舒一口气。他嘿嘿地笑着说，这下总算卖掉了，不然几场雨就沤在地里了，一个钱也进不来哩……他小小地高兴一下，随即又阴下脸弯腰捡起车主啃过的西瓜，骂骂咧咧丢进猪食篮子里，看着残余的瓜瓤叹息一声。

我的父亲很真诚地巴望每个吃瓜的人都能啃净红瓜瓤，啃到露出瓜翠为止。他可惜那些红红的瓤。

我和父亲常常坐在地埂上吃西瓜。我们不切开西瓜，只在瓜顶上剜一个洞，拿一把长柄的勺子掏出瓜瓤吃，一口一口。父亲和我都鼓起腮帮子，一边吃瓜一边说话。我小时候话多得很，琐碎的话题父亲总是耐心听完，从不半途打断。我们吃完的西瓜壳皮薄得几乎透亮，没有一丁点儿的红瓤，像两滴翠绿的水珠一样。

我常常把西瓜壳放到路边，装作一个完整西瓜的样子哄骗过路的人。看到有人上当翻动空空的瓜壳，就得意地咯咯直笑。父亲

摘下一个西瓜，招呼路人过来尝瓜，并歉意地嗔怪一句：我这个黄毛丫头总是捣鬼得很。他和路人闲聊，满意地看着别人啃完的瓜皮，不收一分钱。实际上那时候，过路的人吃个西瓜，也没有付钱的习惯。地里种着呢，谁也不是很较真。

父亲去世的时候，我还不满 18 岁。我也和父亲一样不善周旋，但我实在没有一身好力气去种庄稼，种西瓜。我成了一个地道的小商人，在一个破旧的镇子上打拼着，养活我自己。父亲肯定没有料到我会是个买卖人，他一直希望我是个读书人，有一身书香的好气质。但生活总是这样有些小小的不如意。

镇子上很冷，年年夏季都不怎么吃西瓜。我也渐渐淡忘了种瓜的日子。今年的某一天，我去一个深山的寺里松散一下心情。一片幽静的树林里，有石桌和石凳。有人在石桌上切开一个很大的西瓜，香客们围起来吃西瓜。

一会儿石桌上摆满了西瓜皮。我啃过的瓜皮掺在一堆瓜皮里，很突兀。我的瓜皮啃得没有一点儿红瓜瓤，只剩下真正的瓜皮了。我突然发现这些年我都是这么吃西瓜的，都是把瓜皮啃成一张纸。这是父亲留给我的一个习惯，不经意保持了很多年。

那些被我啃得轻飘飘的西瓜皮，坦然地躺在石桌上。瓜皮上留着我牙齿的痕迹，像一个人走过的路。我小心翼翼拾起瓜皮，像拾起我和父亲的那段日子。

　　那一刻，我非常想念我的父亲，想念那些像西瓜皮一样被我啃得只剩下轻飘飘一页纸一样薄的日子。

芭蕉樱桃都不是

到城里去生活会怎么样？那时我可不知道。我不过是穷人家的孩子，并不关心这些，只想着下一顿饱饱地吃，不要亏着。似乎天底下除了吃之外，再也没有什么重要的事情了。

那年也还小，被我妈牵着，到县城里去，借宿在她的一个朋友家里。我记得自己穿了一件杏黄的衬衫，梳着长辫子。其实也不怎么长，我的头发向来都是爱长不长的样子。我从侧面看到镜子里的自己，背有点驼，佝偻着腰，坐在沙发边上，万分拘谨的样子。

晚间，窗外的灯光透进来，朦胧一团黄亮。家具上也蒙了一层光晕，明明暗暗的。墙上挂着一幅仕女图，巨大的芭蕉下，细腰云鬓的女子在弹琴，不远处一篮樱桃。光晕落在芭蕉叶上，云里雾里的样子。汽车时不时从院子外驶过，轰隆隆响动，一路又响到远处去了，然后消失。屋子里格外寂静，我睡不着，悄悄问，妈妈，"任女"是什么意思？我妈说，不是"任"，叫仕女，古代读书多的女人。

这大概是我对小城市最初的一个印象。也说不出为什么，反正对城市有着难言的恋慕，心里生了根一般。

很多年后，我终于连滚带爬进了县城。在一个深夜里乱翻闲书，看到一幅仕女图——一种奇异的感觉扑上心头，我突然就想起小时候失眠的那个夜晚，墙上的芭蕉美人图。也想着从前的穷，一件杏黄的衬衫，背微微一点儿驼。倘若我借宿到荒山野岭的穷人家，想必背也是直直的。也想起儿时的蛮荒，不读书，没白没黑地玩，日子像沙子一样白白淌走。我不停地串门，到沙漠里逛，在许多枝枝蔓蔓无用的事物上消耗大把的时间。裹了窗帘当作长裙，戴着草帽假装是端丽的公主。那时的光阴，过得散漫，像一匹印花粗布，说好也好，说粗疏也粗疏。

我在深夜里发呆，书也翻不下去，胡乱想。

少年时住在沙漠里的村庄，清晨总是被麻雀吵醒。冬天睡在被窝里不肯早早起来。赖炕许久，哧啦哧啦拉开窗帘看，玻璃上

冻出一层冰花，总是像密密匝匝的森林，一种光怪迷离的美。指尖蹭上去抠，抠出乱七八糟的图案来，方才穿衣下炕。一件破旧的衬衫，上面套上棉衣。棉衣已经短了，衣襟下端又缝上去一截拼接好。

早饭总是一样，老茶加锅盔。锅盔是烙得很硬的大饼，可以存放很久不坏。有时候也是蒸出来的馒头。有几年我家里总是吃杂粮，荞麦面发糕，玉米面饼子，吃得胃里泛着酸水。实际上家里白面足够，但是我妈觉得过日子要节俭，不能奢侈。她把省下的麦子都送到她的娘家去，一直给我们吃杂粮。因为这点事，父母常常吵架。

蒸杂粮糕必须火旺才行，很费炭。每次蒸完，就把灶膛里的炭掏出来，摊在院子里，捡起尚有黑芯的，留着煮饭。捡炭的一定是我，灰头土脸的，真是厌恶透了。下过干拌面的面汤，喝半碗，不然浪费——这种日子过着过着，就把种种的吝惜，慢慢印在身体里，浑然不觉。

现在我才蓦然发现，我的过分节俭、偏执、促狭，恨一个人恨得千年不化，这些都来自儿时的生活。

有一年，家里只有我爹。不知道我妈去哪儿了。我和弟弟嚷着要吃包子，嚷了好几天。我爹实在也忙，庄稼地里活儿那么多。

他要找出蒸包子的时间来，就忙到深夜。包子看上去倒是好，皮薄馅儿多。但是，咬一口，真是太难吃了。没有一滴油，当然也没有肉。土豆煮熟了，捣成泥，拌了小芹菜。连葱都没有。小芹菜放多了，有一股子药味，略略带苦，带涩。

我和弟弟站在门槛上，掰开包子，抠出馅儿丢给鸡儿吃，抠完了包子瓤，我们吃掉包子皮。爹皱了眉，非常尴尬地扛了农具去干活。

有时候爹把铺炕的羊毛毡搭在铁丝上，拎着棍子使劲敲打。厚厚的尘土在日光里乱窜，他的睫毛上渐渐蒙了一层灰尘，吧嗒吧嗒眨。爹专心敲打毛毡，扑通，扑通，眼神分明是愉快的。爹的日子过得总是吃力，他走路的时候，背上驮着麦垛似的。但他总有一种铁铮铮的顽强，在生锈的光阴里还能笑得出来。

我在绝望的时候，只有哭泣。初进城的那段日子，风又飘飘，雨又萧萧，总觉得心底里生出一些凄冷来。租住的房子门前是一条河，河岸上密密匝匝的树。我常常坐在河边，耐心看着树叶一片一片往下坠。那些叶子，可能是一块块的补丁，急急去补缀这光阴的残破。

低处的日子，极慢极慢地熬过去。好了。如今虽不见得有多好，

到底闲暇是有的。小城有小城的安逸之处。冬天的清晨，在街上走，路边的小贩们摆摊，呼出一团一团的白气。烤红薯的炉子冒着青烟左摇右摆，呼的一下扑在脸上，这是尘世间温暖的气息。

那个安静的夜里，我细细琢磨古画里的芭蕉美人，反复打量我过去荒愁的生活。这两样，原本也没什么联系。可是我觉得因为过去粗疏的穷光阴，磨损了一些美好的相遇。都说流光容易把人抛，红了樱桃，绿了芭蕉。那些年，我能遇见的，不是芭蕉，不是樱桃。都不是啊。

拓河西

戈壁，总是盛大

那么大，那么大，比天还要大。

细沙被风吹成波浪的样子，更加有立体感。一波比一波低，一波比一波浅。浅也浅不到哪里去，还是那样层次分明，错落有致。沙漠蜥蜴卷起小尾巴，支棱起脑袋，左看右看，它会看到什么？在它的眼睛里，我算不算庞然大物呢？

我光着脚丫子去追它。我跑得飞快，它也跑得飞快。但是，它倏然就刹住小脚，掉头跑了。我还在傻跑，跑着跑着，什么也看不见了，只有黄沙一浪一浪铺开，铺到天那边去了。

水蓬草绿呀，绿得巫气重重，有些不真实。它们的根，是不是拎着一包水来到戈壁的沙滩？我去抠它们的根，掐它们的叶子。那时候，我七八岁，怎么那么坏？

我还抱着我家的老公鸡，到沙滩上逮沙漠蜥蜴。那只老公鸡，总是吃不饱。到了沙滩上，就撒开蹄子攥蜥蜴，一伸脖子，就吞下去一只。它的爪子不是爪子，是蹄子，跑得那么有劲儿，踢得沙子簌簌作响。它咕咕叫一声，沙子洞里的蜥蜴就哆嗦三下。

我骑在沙枣树的丫杈上打盹。我栖息的本事很大，就算在树上沉沉大睡一觉，也不会掉下来，沙枣树的刺也不会挂一下。我一直怀疑，上辈子，我是不是一只鸟？也许修炼了千年，今生才修成了我爹的小孩？

而我的爹，贮存了几世的耐心，才宽容我的飞扬跋扈。

每次我干了坏事，他总是呵呵笑着说一声：啊就我的黄毛丫头！口气里找不到责备，却藏匿着万千的疼爱。比戈壁更加盛大的，该是我父亲的胸怀呀！

狗尾巴草

王女子家的奶羊，垂着鼓胀的乳房。她的妈妈真是奇葩，把一顶破旧的蓝帽子撕去帽檐，倒扣着绑在羊奶子上。馋嘴的小羊，绵软地叫着，绕着自己的妈妈转悠，就是吃不到一口奶水。

这件事，常常让我很生气。小羊那么饿，她们却要抢着喝小羊的奶水。喝了也就罢了，还天天不忘给我吹嘘一下。王女子说，刘花花，我们刚喝了羊奶！

她高兴时叫我刘花花，不高兴时说，刘家的老丫头！

其实，我也才七八岁呢，距离老丫头还远着呢。她又说，你这个老丫头，长大了不一定能嫁出去！

我奶奶却不着急，她说，你想呀，王女子那么俫，都可以嫁出去。你是奶奶的心疼蛋，怎么会嫁不出去呀？

我想，的确是这样的。

每到了黄昏，树林里的光线就朦胧迷离起来，薄薄的雾气弥漫在青草尖上，那两只羊，就浸在雾气里，隐隐约约。我的奶奶絮絮叨叨，她差了两颗牙齿，一颗是我弟弟练习毛驴打滚时一肘顶掉的，一颗是我翻跟头时不小心用脑袋撞飞的，她絮叨的时候总是走风漏气。

我家的黑狗趴在地上睡觉，爪子伸得老长老长。我揪头拔毛想把它搡起来。我奶奶说，你让它睡会儿，天要黑了，狗一晚都要

操心呢。再欺负它，我敲你的手爪子。

其实，我家穷得很，老鼠都饿得腿腿子发软，走不到庄门外。就算贼来了，能偷到什么呀？狗根本不用操心，整宿睡觉就是。

可是，我奶奶还在絮叨，觉得狗比我重要。她穿着黑乎乎的大襟衣衫，头上盘绕着青手帕，暮色里看去，像一截老树根，扎在门槛上。

我的鞋子破了，脚指头露出来，粘着泥巴。我在林子里游荡，想干点儿什么，青草尖触及我的脚指头，凉凉的。若是踢到牛粪上，还是温热的。一头牛卧在青草丛里反刍，它太笨了，不好玩。

我随手扯下那只奶羊的"胸罩"，把蓝帽子扔到石头矮墙上。小羊羔惊喜极了，眨眼就吮干了两袋奶子。

乡村的夜是那么静谧，只有王女子的妈妈站在坡头上叫骂。都半夜了，我睡了一觉都醒来了，她还正骂得欢实，声音干涩、粗糙，引来一片狗吠。她坚持认为是谁偷走了她的羊奶子。那腥绰绰的羊奶子，难道就那么珍贵吗？

奶奶屈身侧卧，用枕头堵着一只耳朵。而另一只耳朵，一直醒着。她一定惋惜，这个大嗓门的女人惊扰了一个细碎的好夜晚。

后来，王女子日日都盯着奶羊。很多寂寥的时光里，她在林子里掐着一枝一枝的狗尾巴草，一束一束扎起来，那么好看。阳光落在大树上，草地上漏满光斑。风吹着狗尾巴草，那个很侉的女孩，隐没在草丛里，时隐时现。人在草木间，羊在草木间，一丝细微的静寂，也在草木间。

王女子一个夏天的光阴，都被狗尾巴草覆盖了。

冰车，篝火

我弟弟一直闹着，想要一个冰车。

一河水在冬天都结冰了，闪着诱人的光芒。他们，男娃子们，都骑着一块大石头溜冰。我弟弟很小，骑不动石头，就直接坐在冰上溜。回到家里，裤子上滴着水珠。

爷爷不是木匠，居然也做成了一个简单的冰车。

弟弟坐在冰车上，撑着手里的两截铁棍，冰车就慢慢滑动了。他穿得那么厚，像个胖蜘蛛一样，在冰面上溜来滑去。来冰窟窿里取水的人，都停下来看这个稀罕的冰车。

若是我心情好，就会推着他满河面飞驰。我的爷爷，远远看着，胡子在寒风里一跑一跑。他总是担心，河里的冰不够厚，担心我们掉进冰窟窿里。事实上，一次也没有。

多少年后突然就想念起来，带着一身寒气回家后，火炉里冒着热气的洋芋。

后来把牛的铃铛拴在冰车上，一路滑，一路叮当叮当响着。那么有趣儿。

偶尔也合伙去树林子里捡来树枝，在河边点燃一堆火。一群滑冰的娃娃，吸着清鼻涕，烤火，说笑，再冷都不肯回家。白杨树枝头的麻雀缩着小脖子，不看我们，不看河里的冰，直接陷入沉思里。

如果拾柴的时候不小心扎了酸刺，我们就用整个上午的时光，或者是整个下午的时光，来挑刺。好像拔刺也是一种乐趣，一点儿也不觉得浪费光阴。

荨麻坡

山坡上，荨麻茂密。不小心蹭一下，就起来一个包，红肿，痒，让我含着眼泪回家。奶奶说，你野呀！看荨麻怎么收拾你！

我像一只小羊羔，躲在墙角的阴凉里疗伤。那一坡的荨麻，就顶着白花花的阳光生长，嚣张得不可一世。动动我试试！它们嘲笑我。

就算我是野丫头，就算我天天满山遍洼不着家，就算我和奶

86

奶顶嘴，可是，我还是斗不过荨麻。它们，才是真正的厉害。

可是，王女子家的山羊就不怕荨麻。它半闭着眼睛，慢慢嚼着荨麻的叶子，嘴角滴着绿色的汁液，那么悠闲。

后来，我把家里的小鸡都赶进荨麻丛里，让鹞子无处下爪子。荨麻那么浓密，那么气势汹汹，大伞一样罩着小鸡。

早前，我总是把小鸡赶进树林子里。林子大，鹞子就飞进来。它低低盘旋着，一圈，两圈，三圈，游弋。

我奶奶在庄门前惊呼：丫头，鹞子！我回头，一只碗大的小鸡，已经在半空里挣扎。鹞子搬运着它眨眼就飞远了，飞到山那边去了。

那只鹞子，是山神的脚印，风吹一下就不见了。

防是防不住的，荨麻蜇疼了我整个年幼的光阴，挥之不去。荨麻衰老，针刺枯萎，就把我赶出了童年。一回头，荨麻还在我奶奶的眼神里晃荡着。

再一回头，那个荨麻坡上晃荡的黄毛丫头已经在外漂泊多年。光阴把她身上的尖刺一根一根拔掉了，只剩下伤痕累累的她。

多少年，没有看见鹞子了，想念它披着黑大氅飘在天空里。多少年，不曾被荨麻蜇了。但是，还是常常被光阴蜇伤。光阴的刺，更深，更疼。再也找不到一片阴凉疗伤了，只好在寒风里，一边走，

一边哭泣，跟光阴对峙抗衡。

　　一个诗人遥遥说，伤痛之间，你得忍住。学会忍的时候，人真的就老了。老了，不经意就想念故乡。老了，梦里的时光都是童年。

骆驼庄园

白骆驼，我并没有见过。

秋天的沙漠里是成群的野骆驼，总是闷不作声，黄褐色的，也不很怕人，昂起脖子，嘴巴咀嚼着沙米啦水蓬啦沙葱啦什么的，眼睛眺望远方，清澈的眼神。它们的蹄子像穿了高靴，陷进沙子里，走路无声无息。骆驼有异相，生得干净威风，围着不掺假的驼毛围巾，颇有风度。它是沙漠里的绅士，却被人逮住赶着犁地，真正是太可恨了。野骆驼最喜欢歇在沙枣树林子里。沙枣树是极多的，不知道什么人种下的。秋天的沙漠里也是丰收的，沙枣，沙米，沙芦苇……最好不要碰上黑风。一旦遇见黑风，不能乱走，靠着树等着风歇下才好。

　　据说白骆驼并不怕旱魃。白骆驼全身雪白，有的是单峰，有的是双峰，骨架大，体型威猛。旱魃看见白骆驼，立刻瘫软掉，几下就散架了。为啥呢？因为白骆驼独自占全了十二生肖——这话是崔爷说的。他说，白骆驼嘴是猴嘴，鼻子是兔鼻，驼峰似鸡，狗的耳朵，马的脸，蛇的眼睛，龙的脖子，老虎的髭毛，老鼠的头形，牛的蹄，羊的肚子和猪的尾巴，它占全了十二生肖，天生避邪，能克掉煞气。

　　崔爷讲了一个鬼故事。

　　从前，也不很远，就是他小时候的事情。距离我们边外滩不远的地方，叫胡家边。站在胡家边的老城墙上，能看见边外滩的村庄。胡家边有个大财主。我们这里不叫财主，叫财东。财东新造了一座庄园，规模浩大，三进深呢。但是，庄园造好后，人却住不进去。为啥呢？有煞气，被鬼抢先占了。财东请来高手降魔除鬼，但进去的道士都没有出来。

　　有一天傍晚，南方来的两个补锅匠误进了庄园。这是一对父子。院子门窗洞开，不见人影。老人说，天快要黑了，这荒滩野地的，再也找不到投宿的人家，不如在这家院子里屋檐下住一晚吧。远处，隐隐刮起旱魃。旱魃是什么呢？就是一院子粗的老黄风，扭曲摇动，卷到半空里去了。

儿子生火煮饭，老人四下里转了一圈，一种阴森的东西冒出来，令人汗毛竖立。他左转右转，总觉得阴暗处有一双眼睛在偷偷盯着自己，使得他心里愈加发毛。补锅老人走南闯北，是有经验的。他拉起风箱开火炼铜，砂锅里的铜汁慢慢沸腾起来。

两人吃完饭，天也黑了。此时，平地起了大风，一阵黑风刮过来，像无数张牛皮从房顶上拖过，簌啦啦，簌啦啦。此时，一股旱魃摇摆着从庄门里卷进来，随着低低嗷嗷几声，一张鬼的脸从旱魃里摇晃出来，披头散发，闪着绿光的眼睛，伸出长爪子，向补锅匠父子抓来。补锅老人一下子扬起炼好的铜汁液，劈面泼过去。只听见吱喽喽几声惨叫，旱魃瘫软下去，散了，风沙随即也退了，只剩下黑黢黢的天空。

第二天清晨，补锅匠父子早早跑了，他们心惊胆战了一晚。而财东呢，正用大车大马载来一位道爷，企图降鬼。道爷也是个胆子大的人，他进了院子一瞅，鬼气正在散去，无大碍。他设起道场，开始念咒作法驱鬼。

人们躲在很远处看势头。头一天，庄园的烟囱里冒烟。第二日，烟囱还在冒烟。第三日，烟囱仍然在冒烟。大家这才敢靠近庄园看

骆驼庄园

个究竟。据说道爷下了阵，邪气都被降服了。布下的阵里，白骆驼是重要的镇邪之物，是头一阵。至此，财东的庄园平安无事，还很聚财。

听故事的人都说，这位道爷运气好啊，若不是补锅匠降服了鬼，说不定他也降不住呢。崔爷哈哈大笑，说，这位道爷嘛，从此名声大振，得了财东家丰厚的酬谢，回家买了大片的田地——后来这座庄园就叫骆驼庄园，现在还有呢。

那时候，喜欢听鬼故事。不过夜里很害怕，不敢旷野里乱窜去，就在巷子里拎着干枯的葵花秆当作刀剑玩，月亮一出来，就回家了。

蒺藜黄

　　黄茫茫的腾格里沙漠边缘，村庄小得像半撮羊胡子草。有个小丫头梳着冲天小鬏，钻出庄门，畏畏缩缩在门前踌躇了很久，小小的身影单薄寂寥。巷子里的白杨树叶子贼黄贼黄，半树迁徙走了，半树还留着，在高高的枝头掸掉来往的尘土。灰毛驴咴咴叫着，独自回来。它的圆蹄子踩在树叶上，咔啦咔啦发出干燥的声音。做毛驴真好，可以随意去田野里闲逛，还不用穿鞋子，连蒺藜也不怕啊。

　　小丫头当然是我啦，才七八岁。这秋天，可把人愁死了——没鞋穿啊。春天夏天，我都光脚四处游荡。沙漠是我的地盘，骆驼蓬草啦，红柳啦，沙枣树啦，都是我手下的千军万马，时时都要巡视一番。爹远远一瞅，看见花衣裳的小丫头在巷子里晃荡，刚张口

喊一声，人家早已像一股子旋风似的逃遁无踪，连影子都找不见。黄昏时分，邻居们把放出去吃草的牛羊收回来，爹负责把疯了一天的野丫头收回来。

可是，秋天说到就到了呀。不要说沙漠，单单就是村庄里，我也出不去，被一张巨大的网，困在家里。这张网，不是蜘蛛织的，它们没那么大的本事。谁布下的苍茫大网呢？蒺藜呗。真新鲜，不过是个破草而已，却威力无比。

墙根，树底下，路边，都悄悄伸出来一种褐红茎秆的植物，逶迤着，匍匐着，枝枝蔓蔓纠结在一起，堵在巷子里。春天，它们抽枝的时候，我没见。夏天，开小黄花的时候，我也没见。可是现在，真的令人惆怅啊。小小的叶子，已经半黄半枯，牙白色的柔毛也褪尽了。平铺在地面的蔓枝上，缀着半黄半绿的蒺藜果，果瓣上倏然竖起一根尖刺。斧形的蒺藜虽然还没黄透，尖刺也不甚锐利，但扎我的脚丫子，足够了。若是再刮几场风，蒺藜黄得透透的，那就把人拿捏稳了，一步都不敢多走。

黄透的蒺藜，像个尖下巴的狐狸，三角四刺，掰开细看果实，有仁。蒺藜无论朝着哪个方向，必定都有一枚利刺朝上，直戳戳地等着扎人。真够邪性的。

蒺藜草大概是沙漠最喜欢的草，到处都是，叫人怎么说好呢。路上那么多，牛羊蹄子也踩不完，车轱辘也碾不完，我的小伙伴们拿棍子敲也敲不完。每天早晨我推开庄门，就发现路上又会匍匐过来很多枝蒺藜蔓，织成一张疏朗的网，让我无处可跑。沙漠早晚温差大，清早的空气凉得刺人肌肤，冷得我两个肩膀激灵抖一下。匍匐在地的蒺藜不怕冷，慢条斯理地物色光脚丫的孩子。

不能去野外，在家也落得悠闲自在。上树总不用鞋子呀——像猫一样把脊背拱起来，打磨一下爪牙，簌的一声抱住树干，一蹿一蹿地爬上去，骑在枝丫上招摇。我家的树舍不得爬，就爬邻居家的树好了。上墙头就不行，墙头也有蒺藜草。上房顶还凑合，偶然有几枝蒺藜蔓，小心些可以躲过。躺在房顶上，天空蓝得冒水。沙漠里的天空真的格外高，远处的沙丘水波一样逶迤而去。大雁嘎咮嘎咮叫着，排着队从我家房顶飞过去。我知道，它们晚夕落在沙滩上，大片的草根底下被凿开一个小窝。

小丫头孤独地坐在房顶上发呆。脑门上梳的冲天小鬏，也像一枚利刺，风过来扎风，大雁过来扎那嘎嘎的叫声。再扎什么好呢？一片黄叶飘飘摇摇落下来，落在屋檐上去了，扎不着呢。

不知道大雁吃不吃蒺藜，如果拔掉刺儿，大概也不难吃吧？

大人们说，大雁在沙漠里只喝露水。我一直担心，没有露水的晚上可如何是好？房顶上搁着一溜儿摘下来的老南瓜，金黄色的，脸盆那样大，一个个摆开，等着让清霜杀一杀，蒸出来沙甜沙甜。墙头上的杂草摇着黄穗，装作麦穗的样子，一摆一摆。老南瓜的缝隙里，伸出来几枚蒺藜蔓，我刚走过去，有一枚就扎在脚指头，疼得我吸一口气。

我坐在南瓜上抱着脚丫子拔刺的时候，爹从地里背草回来。他立在院子里，拿着牛尾巴拂尘掸去身上的草穗草叶，跺着脚，抖掉衣裳上的灰尘。过一会儿，他仰起头，在树梢上啦，墙头上啦，四处寻找野丫头。爹瘦，脸色黑黄，额头几道皱纹横着渡过。看见我，他嘿嘿笑出声来，笑声有点儿激动。爹字斟句酌地说，黄毛丫头啦，一双新鞋子有啦！他飞快跑进屋子里拿出一双红底白点的鞋子，高高举起来，叫我看。神态骄傲得很。

姑妈从山里捎了一双鞋子下来，挺漂亮。我探着脑袋朝下看，立刻笑翻在房顶上。我笑得像树叶一样在房顶翻卷，因为那是一双棉鞋，厚厚的鞋底子，絮了棉花的鞋帮子，方言里叫鸡窝窝。爹舔了一下嘴唇，干瘪地笑着，很不好意思。他把那双鞋子举在手里，摩挲一番。尽管是棉鞋，还是喜得眉梢都吊上去，像捧着一双金子做的鞋子。

隔天，我就穿了棉鞋风一样四处游荡。你让一个野人蛰伏在家里，怎么可能。我横扫所有的蒺藜，肩上搭着一只布包，进沙漠打沙枣去了。沙漠里各种各样的树，成片的沙芦苇，黄毛柴，简直美不可言。站在高高的沙枣树上，俯视我的草木臣民，只觉得繁华。沙滩上，密集的蒺藜草根底下，都被大雁凿出一个个枣大的窝窝。熟透的蒺藜，散落一地，孤独地把利刺伸向天空。这蒺藜草，一定是沙漠余气所生，故而才这样倔强。

多年后的一天，我拉开草药橱柜上的抽屉，倏然看见满满一格子的蒺藜。入药的蒺藜都被磨去尖刺，剩下光秃秃的果瓣，灰头土脸的样子。手指拨弄，发出低微而干涩的簌啦声。那一刻，我笑得啪啦打战，笑得眼泪都出来了。带刺的蒺藜，是我过去的时光——时隔多年，竟然又相遇。而我和它，都磨掉了身上的利刺。

那个下午，我对着蒺藜细细端详了很久。每一枚蒺藜果瓣里头，都藏着一张狐狸的脸，下巴尖戳戳的。可能，蒺藜是一味修炼的草，还没变好，带着刺转世。它的下辈子，也许变成别的草，茎头开个小黄花，点点如乱星。而蒺藜的利刺，就会变成麦芒一样的东西，白色绿色褐色都行，像花蕊一样射出来，有些纷扬的意思。

　　总觉得，那坚硬的果瓣，肯定是蒺藜的心。它的前世，大概受了很多伤害，它把自己牢牢包裹起来，结痂成一层硬壳儿，提防着红尘中的所有入侵。也不知道世间有没有一种温情的东西，能够破壳而入，撬开它的心。不过这很难——蒺藜果瓣上早已竖起利刺，靠近即被扎伤。

　　实际上，沙漠里的植物大多有尖刺，看仙人掌就知道。每一枚尖刺的前世，都是一片阔绰的叶子，哗啦哗啦拂摆。为了适应干旱贫瘠的生活，把叶子改成尖刺。伸出利刺，不过是为了节约一点儿养分，保护自己，躲过不期而遇的伤害罢了。蒺藜从没想过要扎伤一个小丫头的脚丫子，它以为，世上的人，应该都有鞋子穿才对。

山里面有没有吃人婆

常常跟着爷爷去河边的水磨坊。也不远，我的小短腿跑一阵子就到了。水磨坊的墙，不是土坯泥起来的，跟村子里所有的屋子都不一样，是木头板子的墙和屋顶。确切地说，是一座水上悬空的木屋。木屋里，水气弥散，面粉纷纷扬扬，飘散着清甜的粮食味道。

靠窗子的半截地面，咕噜咕噜转动着两扇大石磨盘，簌簌地挤出来磨碎的粮食。墙角，一张长长的箩，有人抓住架子，脚蹬着木头撑子，哐当哐当箩面。他的头发上、衣服上，落了白白的面粉，连睫毛上也是，像从童话里走出来的。纷扬的面粉从箩里筛下来，跌落在木头匣子里，一层层堆叠起来，厚厚一层，雪一样。小孩儿们唱歌谣：打箩箩，擀面面，舅舅来了擀长面……

从大石磨盘底下看下去，是一股强劲的河水，冲击着巨大的木头水轮旋转，水声轰鸣，好大的气势。但爷爷不许我趴在地板上看水轮，连跑到磨坊外面栅栏边看也不行。他说，水里面住着长大爷，看见小孩子，就要一口吸走的。长大爷是谁？就是蛇呗。我们乡里，不知道长大爷还有个学名叫蛇。顶多也就叫长虫。可是，这个长虫真不要脸，不去草丛里住也就罢了，没事吸小孩子干什么？

爷爷可不想跟我啰唆，他说，去到磨坊门口玩，水槽边也不许去。水磨坊门前种了大片的薄荷，花开的时候，像小小的淡蓝蝴蝶，没缘由得喜欢。我就在薄荷丛里溜达，拔几朵小野花。薄荷地边，是巨大的木头水槽，这些水从河里引过来，斜斜冲下去，冲到磨坊水轮上去。小孩们唱着水槽的歌谣：沟里溜，槽里溜，又没骨头又没肉。

可是，爷爷在水磨坊里聊天，抽烟，一直坐呀坐呀，并不走。我无聊啊，薄荷也不想看了，路那边的蜜罐罐花也不想吃了。沿着小路，一直往前走，是深山，很深很深的山。深山里有什么呢？我奶奶说，深山里住着吃人婆。她说，吃人婆嘛，指甲很长，爪子一样。倘若有小孩子路过她的屋子，她就说，跟我来吧，我炒了豆子给你吃。然后抱走小孩子，吃掉了。

　　我可不敢胡乱进山去，倘若遇见吃人婆，我的小短腿肯定跑不过她。我坐在高处的石头上，窥视深山里。那里，云雾缥缈，影影绰绰的树木。看着看着，似乎真有石头墙的屋子，被树木掩着。可是，吃人婆呢？有没有坐在屋子里？她到底长什么样儿？是不是头顶盘绕了一条手帕，裤脚也扎着黑色的带子，还穿着青色大襟衫？或者，她会不会和白香香一样？

　　白香香是我们村里疯掉的一个女人，也不很老。她的衣衫很花哨。青色的大襟衫上，别着各色各样的布花朵，袖子上缝了五颜六色的布条。天知道她哪儿弄来那么多颜色的碎布。连头上也是各色花朵和头绳，有些簪花满头的繁华。她从山坡顶上下来，衣衫飘飘，布条飘飘，一路走，一路唱歌，扭扭捏捏，翘着兰花指，面色绯红。

　　实际上，我并不害怕吃人婆，因为一次也没有见过。长大爷也不用怕，我只见过它蜕下来的空壳壳皮，连活的也没见过。我就是害怕白香香。每逢她出现在山坡顶上，身影刚冒出来，满头的花朵一招摇，我就吓得飞奔回家，扣上庄门钉锦儿。那时候，还够不到钉锦儿，门槛下常常放着垫脚的土坯。我从庄门的门缝里盯着，看着她唱呀，跳呀，扭呀，一直到河边去了，吓得我浑身筛糠。其

101

实，她一次也没有吓唬过我，连看都没正眼看过我。有时候，我正在门前的树上蹿上跳下，玩得正美气，我的孬姑姑就喊：呀，白香香来了！唬得我心惊肉跳，连滚带爬跑回家。孬姑姑却笑成一团，箩面似的浑身乱颤，她说，吓唬你玩呢！

为什么那么怕呢？小孩儿们之间流传着这样的说法，说白香香喜欢小女孩，单单挑了她们抱走。我知道我是女孩子，虽然拖着鼻涕。我弟弟就不用很怕，只是稍微躲避一下就算了。

除了怕白香香，我还怕老鹰。

春天，我家的老母鸡天天领着一群小鸡散步，动不动跑到山坡上去。那里有草芽啦，虫子啦，各种美味的吃食，它们兴奋地叽叽叽大叫。这时候，深山里的老鹰就循声而来。可能老鹰也听不见小鸡的叫唤，可是，它是怎么知道我家有小鸡呢？天那么高，深山那么远。

老鹰出现得很快，刚才还不过是个天空里的小黑点，瞬间就一个俯冲，箭一样射下来。我奶奶惊呼，老鹰，老鹰，快撵鸡儿！老母鸡吓得抖成一团，咕咕咕尖叫，小鸡们能听懂危险来临时妈妈的警报，它们拍打着软软的翅膀，飞快钻到草丛里去。事实上，总有一两只体弱的小鸡，跑到半途被老鹰捉住，一爪子拍晕，拎到空中去了。小鸡微弱的叫声一闪而过，老鹰又变成一个黑点，飞到有吃人婆的深山那里去了。

奶奶哀叹可怜的小鸡，不能从鹰嘴里夺来。于是，整个春天，我就得看守鸡们，不能擅自离开。事实上，鸡们的预感比我要灵敏得多。每逢老鹰飞出老巢，还在很高的天空，老母鸡就惊恐地尖叫起来，小鸡四散逃奔。这时我才能发现老鹰正在头顶盘旋。我挥舞着手里的木棍，假装厉害的样子呐喊，其实怕得腿肚子打战。我怕老鹰一发怒，把我给叼起来，捉到吃人婆的屋子里去。老鹰和吃人婆住得那样近，肯定是对门邻居。

幸好，老鹰对小孩不感兴趣。我和母鸡吓得大叫的时候，我们家的人都从屋子里跑出来，我奶奶，我弟弟，尕姑姑，齐声呵斥，手里拎着家伙，老鹰盘旋一番之后才依依不舍地走了。它并不十分害怕人，可能它知道人撵不到天空里去，不能追杀它。

尽管这样呵护，我家的小鸡还是不断减少。有时候，我打瞌睡，老鹰来叼走一只。有时候，老母鸡把小鸡带到空旷的河边，小鸡们无处藏身，被老鹰抓走一只。而我，正在树上逍遥。每少了一只小鸡，我奶奶就心疼地跺脚骂着老鹰——她是个裹脚的老太太，也不敢十分用力跺脚，不过是很生气罢了。等小鸡们长大，会保护自己

的时候，老鹰就不来了。它躲在深山里，肯定又去抓别的小动物了。据大人们说，很大的老鹰，连羊羔子都敢抓。

　　冬天的清晨，太冷了，不敢到外面去。火炕烧得极热，趴在窗前，痴痴看玻璃上冻出来的霜花——枝叶繁茂的树木，开花的园子，河水，水磨坊，斜斜的山路，然后是深深的大山。吃人婆的屋子也有，老鹰也有，只有跳舞的白香香没有。其余，都有。但凡我去过的地方，霜花的世界都缩小一点儿拓出来。看着看着，就有些痴迷，我觉得自己也变小了，跑到玻璃窗上霜花的童话世界里去了，这儿有木屋，那儿有山坡，简直迷人得不行。

　　太阳出来，不热，霜花还是晶莹剔透，愈发迷人。我穿着红花大襟棉袄，喝老茶，吃豆子。实在没零食，就啃冻成铁蛋的煮熟的洋芋，盯着霜花，舍不得挪开。小小的我，能感觉到霜花里一种万籁俱静的美好。

花草不过是引子

薄荷

那时还很小，跟了爷爷去水磨坊。大人们挤在磨坊里干活聊天，我独自走进一大片薄荷地里玩。嚼薄荷叶子，舌尖麻酥酥的，只觉得有趣。小人儿走来走去，薄荷小小的花朵噗噗地往地上掉。捡起来看看，又扔下去，专拣落花多的地方去踏。

也不记得是哪一天，读到两句话：庭闲诸役散，落花人未扫。呆了一阵，突然就想起那座时光深处的水磨坊，门前大片薄荷，散发着清凉凉的芬芳气味。细细想，小小的人儿踩着落花的时候，不是快乐的，是有一丝孤清寂寥之感。

那么小，有什么好忧伤的呢？可那种感觉真切地留在记忆里，以至于在许多年后的某一时刻，准确地从时光深处撷取出来——山高天窄，有鹞子飞过。河水湍湍，伴着轰隆隆响的水磨。一个小丫头儿，徜徉在薄荷地里，踩着落花，心情孤寂。

一定是那些散落的薄荷花瓣，触动了小人儿内心的伤感。人虽小，却也会触景生情，也藏着怜悯之意。

苜蓿草

有一回晚间跟父亲去浇水。那时候，我家已经搬迁到沙漠里的那个小村庄了。水从直渠冲下来，拐个弯流到我家的麦田里。拐弯处常常要崩溃的，父亲命令我守着。

朦胧的月色里，我静悄悄蹲在田埂。依稀听见父亲在远处一边干咳，一边哗哗地泼水。田埂上杂草怒生，草叶上沾着露水，潮湿寒凉。水声泠泠，一种夜虫子吱呱吱呱，一声复一声，不知疲倦地叫着。

有刺猬探头探脑钻出苜蓿地，贴着田埂走了。它的刺在月光下泛着薄薄光亮，像武士的盔甲。远远的，父亲沿着水渠走着，身影和月色一样，亦是朦胧不清的。不知哪儿漏水了，发出咕咚咕咚空洞的声音。他进了葵花地，拨开层层叠叠的向日葵叶子，露水沾湿了衣袖也不管，只顾循着咕咚声音找去。向日葵叶子摩挲着他的衣裳，飒飒，飒飒。

一会儿，父亲出现在苜蓿地埂。他弯腰掘开一个侧豁口，把白亮的水赶进去，拄着铁锨喘了口气。月光阴晴不定，天上的流云溜来窜去，一会儿遮着，一会儿移开。父亲的身影也一会儿亮一会儿暗。他抱来一捆麦草点燃了，笑着说，丫头，来烤火，不然要睡着。

田埂里黑魆魆的，一团火光照着苜蓿地，草叶繁露欲坠。苜蓿都开花了，紫莹莹的碎花朵看上去真个儿优雅无比，丝丝缕缕淡淡的草木味道，水味道，随着深夜寒气飘来，清幽纯净。

人烟渺茫的大漠里，月光明明暗暗。一团火，摇摇曳曳。地埂上的父女，有一搭无一搭说话。一地苜蓿草，咕咚咕咚喝水，扬起清雅的花穗。草的味道一波一波传来，极其沁人心脾。

有时候做梦，梦见父亲背着一捆苜蓿草，在月光里推开庄门进来。他只能找到那个沙漠小村庄，回到那个恬静的小院。仍然记着割一捆苜蓿草背回家。而我现在的家，他全然找不到。小城里并无苜蓿草的熏香，连一点儿标记都没有啊。

鸡爪爪草

这种草，多长在深山歇地里。歇地是个什么地呢？就是让土地歇一歇。连续几年的耕种，田地疲劳了。春天深耕，让翻酥的土晒晒太阳，随便长些杂草。鸡爪爪草大模大样破土而来。

豆秧子收割了之后，悠闲地空着，接点雨水，杂草丛生。鸡爪爪草也夹杂在其中。

鸡爪爪草，不高，顶多半尺。叶子柔嫩，摸上去细腻光滑。也抽细茎，一拃高，有点儿白白的稀疏绒毛。茎头开白色小花，很单薄，很脆弱，点点如乱星。

那时还在山里老家。一群小丫头儿，专挑鸡爪爪草的嫩叶子掐。不贪心，兜里塞满就行了。回家，抓起草叶子一顿搓揉，搓出绿色汁液来，鸡爪爪草的着色能力极强，能把白色的塑料染得葱绿葱绿。

我的辫子梢就拴着这么两朵绿塑料的蝴蝶，走路簌啦簌啦响着。我跟着刚出嫁的三姑妈去她家，一路甩着我的绿蝴蝶，美气得不行。回来时，三姑妈送我一条草绿色的纱巾。又剪了两条红绸子，替换了我辫梢的绿色塑料蝴蝶。

才进庄门，就被尕姑姑捉住夺走纱巾和红绸带。三姑妈是她的亲姐姐，她自然更有权利享用这两样。小小的人儿暗自垂泪，眼巴巴看着心爱之物被劈手夺走。尕姑姑是奶奶的心肝宝贝，我不敢惹。再说打架也打不赢她，那时节，我也才四五岁。尕姑姑一指头戳过来，骂道，要是偷回去，小心你的爪子。

尕姑姑的脖子里围着绿纱巾，辫子上绑着红绸带，喜气洋洋上学去了。我站在门槛上，一直看着她消失在山坡顶，那抹明艳的绿色消失不见。

我仍旧去歇地里掐鸡爪爪草的叶子，回来坐在门槛上揉啊揉，白塑料摊开在台阶上，被一滴滴绿色的草汁染得葱绿。我的父母都不在家里，我像个孤儿一样，孤独地染绿一块白塑料。

夜里，不肯睡，听着尕姑姑打呼噜了，悄悄爬起来，摸到那块纱巾，小心翼翼系好，又把两条红绸条带也摸过来，扎在自己的辫子上。

黑夜里，跳下炕，独自走来走去。纱巾和红绸带柔软的气息包裹着我，觉得颇为欢喜。走啊，走啊，瞌睡得实在熬不住了，取下来，仍旧放在老地方，摸到炕角睡去了。天明，又眼睁睁看着她围了纱巾绑了红绸带，得意扬扬地走了。

那年也还没有上学，有大把的时间掐鸡爪爪草。塑料蝴蝶结放一天就褪色了，还得接着再染。

深山里的天空总是很高，白云飘来飘去。小小的丫头儿，仔细照料着台阶上晒着的绿色塑料条，像晒着金条一样珍贵。她的小手，也被鸡爪爪草染得葱绿葱绿。

她坐在门槛上，盘算着，等爹回家来，说不定就会买回来那样的一块绿纱巾，要是再有两条红绸带就更好了。

艾草

大概是端午节前后，我被妈妈牵着去外婆家。路过一个叫张家河的地方，路边都是看不见边际的白杨树林。林子里绿草萋萋，有好多我爱吃的马樱子草。柔绿细嫩的草茎，嚼起来有一丝甘甜的味道。

我们沿着林间小路慢慢走着，妈妈并不抱我，让我自己走。小人儿腿短，走不快，又要拔了马樱子草吃，两人慢吞吞地在小路上走了很久，离外婆家还远着呢。

走到深山的一个泉眼边，见到大片的艾草，又嫩又明媚，叶子在风里翻卷。好几束扎成小把的艾草，泡在泉水里，显然刚刚被人拔下来不久。泉水清澈透亮，清凉凉的，喝到嗓子里还有点儿艾草味儿。

路边有一座简陋的小屋，门虚掩着，可能是护林人居住的屋子。屋檐下挂着晾干的艾草，半干的黄芽白菜，也有几串认不出来的草根，大概是药材。沿着墙根，开着几丛绯红的罂粟花。而门前的空地上，散放着一束一束晾晒的艾草，很多。还有一簸箕萝卜皮，被太阳晒得卷起边，白花花的。

不远处的空地里种了小葱白菜。还有白萝卜，半截子从土里闪出来。枯树枝子围了一圈矮矮的栅栏。小屋后边，靠着山坡，有一株杏树，满枝子沉甸甸的青杏儿。妈妈手里捏着几枚青杏儿，咬了一口，酸得直皱眉。

我们歇在泉边的大石头上，坐了好久，也没有人出来。山林里寂然无声，偶尔有几声鸟鸣，很短促，啾咕，啾咕。清寂的山野，阳光落在泉水上，委实安逸。

一个下雨的夜里，灯下翻《本草纲目》。看到艾草，时光呼的一下就回到儿时的那条林间小路。特别喜欢光阴那样寂然无声的、明媚的、有着天然之趣的诗意。虽然人小，不知道诗意为何物，但心灵深处，那种感觉是无比喜欢的。小孩儿，最能领略到自然

的寂然之美。

重瓣菊

那时节还住在山里头。有一户人家，住在半山腰里，门前倒是宽阔，种了很多菊。我跟着爷爷去水磨坊的时候，路过那座山。山倒不是很高，圆滚滚地腆着肚子。那户人家，就住在肚脐眼那儿。

我仰起头，看山上的各种野花，有一种叫蜜罐罐，拔下来，对着花筒猛吸，能吸出一点儿甜蜜的汁液。有时候，我独自一人也跑到山底下，找蜜罐罐花。

说不上哪一天，那户人家的菊花就齐刷刷开了，扬起小脸儿看，美得心里打战。紫的，白的，蓝的，远远儿看着，花朵繁复，清爽有趣，极其有味道。

可是，山这边并没有路，只是悬悬的山，一山花草。路在山的那一边。以我的小短腿，跑到山那边去看花，那是相当费劲的。也不知道怎么想的，反正，我决定冒险爬山，跋涉过杂草去看那些菊花。

草都长得比我高，草丛里可能也有蛇。但是，我要去看花呀。小小的丫头儿，在草丛间隐现，一点儿一点儿挪着，脸上手上都被马刺盖扎出血珠子。

反正，我顺利抵达那户人家的院门前。菊花不是单瓣的，都是好几层，重瓣菊。一丛丛地挤着，花朵翘在枝子上，真想一口吃下去。美到极处，心里生起怜悯之意。

大概院子里有人发现了这个满身沾着草叶子的小丫头儿在花前徘徊。总之，我在那户人家吃饱了饭，被背着送回家。我知道奶奶的名字叫刘四婶。这都没什么可喜的。关键是，那家人折了一大束菊花给我。我欢天喜地把那束菊花插在清水里，也不去山林里野，就守着花看，看呀，看呀，看不够。世上，竟有这么好看的花。

却原来，世间的美好，可以从容打败时间。现在想起儿时的重瓣菊，也美得一塌糊涂，心里激灵一闪。

有时，好几天都闭门不出，静处室内，也不一定读书。就是浇浇花，喝喝茶，煮一钵白米粥。光阴过得平淡，但也别有兴味。垂帘幽居的时候，心里头的花从未谢过。这枝开了，那枝也开了。花草里，有真味。

收音机陪伴的夏日时光

　　夏天。一天中最美好的时光，是从正午开始的。十二点，我家土墙上悬垂着的那只碗口大的广播，就有了咝咝咝的轻微的电流声。广播的地线拖在门背后。电流声响起时，我就提着茶壶从门外赶来，在地线上浇点水。广播的声音清晰起来，在屋子里飘扬，在院子里飘扬。我的心情立刻欢快起来。

　　十二点，有时候吃午饭，有时候还没有。这取决于父亲从地里回来的时间。我把耳朵支棱起来，仔细捕捉从遥远的地方赶来的声音。但常常的，声音里夹杂了咝啦啦的杂音，变得模糊起来，好像声音们走岔了路，又好像是广播感冒了，嗓音变得嘶哑。这时候，就往地线上再浇点儿水。有时候管用，有时候也不管用。但我总在浇水，好像那根地线是一株藤蔓，浇点儿水它就能把声音吐得清晰些一样。

最渴望的是听到秦腔和歌曲。每每有这两样播出，我就激动起来，手舞足蹈一番。最讨厌的是广告，服装裁剪学习班是播出最多的。好像我们需要一个庞大的制衣团队，好多人都光着膀子等衣裳穿一样。

中午的阳光透明而炙热，小小的村庄在暑天里打着微微的呼噜。我醒着，接收着村庄之外的声音。它神秘而遥远，说话的人长什么样儿，穿什么衣裳，又是怎么把声音传到我家，这令我无限遐想。

我的邻居圆子听不懂广播里的普通话，一句都听不懂。他杵在广播下听了半天，实在不知所云。他仰头说，咿里哇啦的，说啥呢？没人理睬，他就一脸急躁。那种声音好像来自另一个星球，蠕蠕地啃噬着他的耳膜，令他痛苦万分。

广播的声音折磨着圆子，使他无法午睡，就常常磨蹭到我家串门。但是，对于听广播，我是悟道的高僧那般安静，圆子就如同焦虑的狂躁之徒。他一看见我听广播听得痴迷的样儿，就嫉妒得不行，便飞起一脚踹掉我家门后的地线。

1980 年的夏天，我八岁，圆子十二岁。若是打架，我自然是

骆驼庄园

打不过他的。但是我像个小泼妇一样用最难听的村话咒骂他，撵出撵进地骂，站在庄门口骂，骂得圆子几乎想一头撞到草垛上去，连活的心都没有了。几番较量之后，圆子不再踹我家的广播地线了，而是乘夜黑风高之时，拿根长杆子挑了我家的广播线。

后来，父亲买回来一台收音机，我的好日子锦上添花了。我家的院子里种了很多花，夏季里开得正旺。那种大丽花，很华丽地，很恣意地，很热烈地，炫出无比的美。还有荷包花啦很多种的花，也在打开自己，争先绽放。我摘来一些花朵，插满头，插满衣襟。几架葡萄藤蔓很长，父亲就搭了架，从花园墙上开始，那些葡萄藤就爬到屋檐上去。藤下是一片阴凉，筛下点点的光斑，蝴蝶一样美。

我在一个个正午的时光里，打开收音机，旋转旋钮，调到播出秦腔的电台。吱吱呀呀的乐器一响，我便翩翩起舞。满头的花朵，满襟的花朵，都在旋转，都在舞蹈。此时，我觉得自己是世界上最幸福的人了。

葡萄架下泊着一辆旧旧的架子车。父亲常常在架子车上睡午觉。秦腔一唱起，他的脚尖在架子车辕上微微地打着节拍，半睡半醒地听着。秦腔是有生命力的，那种唱腔美到极致，舒畅得极致。我们的一个个正午时光，都在秦腔的清丽里蜿蜒。

我弟弟最喜欢听《小喇叭》。"小朋友，小喇叭开始广播啦。嗒嘀嗒，嗒嘀嗒，嗒嗒。"他的脸蛋立刻红扑扑地生动起来。无论在村庄外面还是在房顶上墙头上，都能准时赶来，凑在收音机前面，扑簌着眼睛，安静下来。

我们一起听《洋葱头历险记》，争论故事里的"黄瓜马"。弟弟认为黄瓜当马不妥当，不如西瓜好。理由是西瓜滚起来快，像马在飞驰。我觉得不如茄子做马合适，茄子皮实，不像西瓜黄瓜那么脆。我们激烈争论，甚至吵架。

弟弟听罢洋葱头，就去讲给圆子听。他讲完一段，就"且听下回再说"了。圆子死活听不懂洋葱头为何物，以为是一种羊的叫法。他为了表现得友好一点儿，勤奋地去沙滩捉来很多的"沙娃娃"（一种蜥蜴），喂我家的鸡。"沙娃娃"被鸡啄在舌尖，尾巴乱卷几下，四只小手乱舞两下，就被鸡吞到肚子里去了。那段日子，我家的母鸡总下双黄蛋。

下午有几档评书。李准的《黄河东流去》，还有一档《倾斜的阁楼》，只是忘了作者是谁，我听得很投入。到现在，还能记起故事情节来。《三国演义》，计谋太多，我是不喜欢听的。我的想法是：做人嘛，坦荡些多好，要那么多阴谋诡计太烦人了。

骆驼庄园

还有好多我心仪的歌曲，关牧村的《吐鲁番的葡萄熟了》记忆尤为深刻。还有郭兰英的《南泥湾》，真是好听。银子一样纯净的歌声在院子里飘呀飘的，配着我花枝颤动的舞蹈，再也没有如此单纯的幸福了。

我在家里比较霸道，收音机几乎被我独占。不过我瞌睡重，晚间趴在炕上写字，才写不多几个，就打着哈欠入梦了。这样的时刻，是我弟弟一天里最灿烂的时光。他把收音机放在枕边，旋钮调来调去。有他喜欢听的，也有不喜欢的。但他在意的是独自拥有收音机的那份自由与喜悦。他总是听到很晚，有时睡着了，任凭收音机开着，兀自忙碌。

那是多么妙曼的夏季啊。没有风，暖暖的阳光，舒服地晒着。花儿们开得心儿滚烫。阳光从葡萄叶子的缝隙里筛下来，碎银子一样在地面闪烁；又像一匹印花的布，铺在地面。一串又一串青涩的葡萄，从叶子里垂悬下来，都安静地睡意蒙眬。时间堆积起来，凝固在午后的散漫里。

黄土坡上黄土飞扬

等到深山里的青草变黄衰败之后，牛群就下了山，进了村庄，等着过冬了。牛们都是好脾气的黄牛，不顶人，不尥蹶子，看人都是温吞吞的目光，很好欺负的。

偶尔有几头牦牛，黑的，花白的，披着长长的毛，弯弯的长牛角尖上都挑着一对木头圆蛋蛋，我们叫作牦牛角蛋子。大约是为了防止坏脾气的牦牛顶人或者是牛相互抵架才装上去的吧？总之，看见牦牛我们都远远躲避着，像躲避祸害一样胆怯。

但黄牛就不同了。我们骑它，摸它的头，拽它的尾巴，踢它，它都不会有多大的回应，一如既往的好脾气，任凭我们折腾。

人一天吃三顿饭，牛也要饮两回水。牛在我家山坡顶上的生

产队的大院子里住着，饮水的话就得下了山坡，打我家门前路过，才能到河里去。

那么，生产队的牛圈到河沿这段路就成了黄金地段。这段路基本上是一道斜坡，铺着厚厚的一层塘土。牦牛饮水是要单另饮的，它们掺在黄牛群里常常忍不住兴奋要发狂乱奔，所以饲养员隔开了牦牛。也就是说，钻在无论多少黄牛的牛群里，都是安全的，这是我五六岁时总结出来的"梅花定律"之一。

我们必须起得比牛早。当然吃得未必比牛好。牛顿顿儿吃豆瓣子加黄草，我们顿顿儿吃山药蛋加炒面，其实也差不多的。至于干的活儿，牛苦人也累。冬月天牛可以歇着，人还得干活。这是拿大人和大牛做比较。我们只能和牛犊子比，很公平，谁都只吃不干活儿。

早早起来，穿上我的红花大襟棉袄，拎起炕洞口立着的拾粪叉，颠儿颠儿跟在尕姑姑屁股后面，到河边等牛。

等牛做啥呢？拾牛粪哩，再干啥哩！牛粪要拿来烧炕，烧灶火煮茶煮饭，不拾牛粪拿啥过冬呢？真是的。把人都冷得没处说去，还问。

牛们来了！一大群牛撒开蹄子朝河边奔来，像一股半凝固的黄颜色的水漫过来，腾起遮天黄尘。村庄上空升腾起尘雾，牛哞哞地扯起老声吼叫着，好大的气势啊。

我和尕姑姑蹲在河边树园子的石头矮墙上，先占据有利地势。牛们把头栽在河水里时，一大群女人娃娃早已虎视眈眈一溜儿摆开，盯住牛屁股看了，那个专注。

既然我家缺牛粪，别人家肯定也缺。那个年代贫富差距不是很大。牛拉在牛圈里的粪不能拾，那是生产队的财产，属于集体。牛粪要是拉在大路上呢？随便拾，拾进谁家的门，算是谁家的粪。

拾粪的都是女人娃娃，男人们嫌丢人，很少拾的。当然除了王白头子。他家养了好几个女娃，他指挥着他的娘子军加入了拾粪队伍，收入颇丰。她们一旦把牛粪看在眼睛里，就再也拔不出来了，很疯狂的。常常有几个小伙子堵在牛群前头，不让牛快走，我们叫压头。

牛在路上磨叽得越慢，拉下的牛粪就越多。你知道，那个物质极端匮乏的年月里，一泡牛粪是多么顶用。牛吃了一夜的草，清早又猛灌一肚子凉水，肚子容量有限啊，所以牛粪在这段路上排出的可能性最大，多半存不到牛圈里去。

那时候，我顶多五六岁，根本背不动背篓，也拾不上牛粪。但是，

121

我就像安插到敌人内部的一枚利器，作用相当重要。用现在的话说，我是打出去的一张品牌，去占据市场份额的，重要得没法说。这是我总结的"梅花定律"之二。

牛们饮完水，掉头又急急回牛圈吃草填饱肚子，根本不理解我们迫切的心情。但前面有人"嗥——嘘——，嗥——嘘——"地堵路压头，它们无法突围，只好耐下性子来，磨磨叽叽地走。真是老牛不死，牛粪不断啊。我们渴望的牛粪出来了。

一泡又一泡冒着热气的牛粪，就扑通扑通掉在半尺厚的塘土里，扬起一圈小规模的尘土。但是人多牛粪少啊，乡里的说法是狼多肉少。有时一泡牛粪上同时伸过来几个粪叉，一顿争抢，力气小的自然吃亏。

尕姑姑虽然比我大几岁，虽然在家里当霸王处处挟制我欺负我，但丢在人群里，黄土一冒，咕咚一下就淹没了。她要不上个威风，也是被人挤过来挤过去，毫不起眼。我们总抢不过人家，拾不到多少牛粪，非常焦急。

当然，和我们一样弱的人家也多了去了。后来，就发明了"号牛粪"。就是在自己抢到的牛粪旁打记号。真是群众的智慧无穷尽。我的全部作用，就是冲在前面去抢牛粪打记号。也就是去占领"市场"。

一泡牛粪刚刚尘埃落定，几个人就抢过来了，谁先"号"到算谁的。怎么"号"？拿脚尖在一坨牛粪周围画个圈，就这么简单。圈画得很急，用棍棒画都嫌慢。不一定画圆，画扁圆、画三角、画方形都行。只要把牛粪圈起来就行。但一定要画得深，浅了不算。打上了记号的牛粪，别人就不能再抢了。硬抢，就跟从人家背篓里抢一样，多么不道德啊。

黄牛们饮罢水一回头，我们就跳下石头矮墙，冲到牛群里去。我小时候个头很矮，也很羸弱，通常争不过人家。但小了比较机灵，跑得又快，常常可以"号"到牛粪。

比较可恨的是王白头子家的王女子，依仗着宽肩大胯的体格，明明看见我都画了半个圈，一屁股把我搡到一边去。她接着画完剩下的半个圈，牛粪就归她家所有了。

尤其让人生气的是，有时她用她的大胯，直接就把我夯到牛屁股上。我的脸蹭到牛温热的硬邦邦的臀部，牛就甩一尾巴奖励我吻它的臀部。把我甩得晕头转向眼冒金花。我不和她计较，我从小就不浪费时间溅唾沫。

我穿梭在牛腿人腿的森林里，奋力地画圈。腾起的黄土呛得

嗓子里快要冒烟。有的牛很厚道，它站定，撩起尾巴开始拉粪，我就站在边上等。等它拉下一坨稀稠合适的牛粪，我从容地拿脚尖画个圈。回头，呼唤拾粪的尕姑姑。她慌慌张张地挤过来后，我又开始下一个目标。

和长大后谈恋爱一样，我的眼里只有你啊。我多么专注于牛屁股。别的都视若无物。就算是一头牛吧，牛头牛身子牛腿统统不见，只见牛臀部，看见牛粪两眼就灼灼发光。

牛跟牛不同。乖牛站定了才拉粪，一抬尾巴拉下一坨，像个句号，甩甩尾巴就走了。淘气的牛忽悠人，它拉下一半，走两步，再拉剩下的，像个冒号。这个冒号是很难"号"的，上面一点是我的，下面一点基本上跟我没关系了。王女子是多么可恨啊，一边划拉着脚尖，一边吆喝着"冒号"下面一点的归属权。真是吃着碗里的看着锅里的——那是我小脑袋里匮乏的几个比喻句里挑出来的。

还有的牛边走边拉，大体上是个省略号，我只能边跳边画，还要及时地喊着尕姑姑跟过来。也有些老牛，人刚刚跟过去，扑哧哧一溜子稀粪，这就属于破折号了，根本拾不起来。真是老牛不死稀粪不断。

牛圈到河边的路不是很长，这道斜坡我一个趟子就能跑完的。

所以尽管磨磨叽叽，尽管压头，半小时以内牛粪争夺战就结束了。再说把牛群圈的时间过长的话，队长就会站到坡头骂人，说你们钻到牛肚子里去掏行不行？

牛进圈的时候，还有一阵小小的拥挤。牛多圈门窄，稍稍地淤积一会儿才能进完。机会是给有准备的人留着的。王女子常常能瞅准这个机会的。她撩开牛尾巴拿手抠，好比中医的叩诊一样。牛受到外界刺激，就会拉下一泡牛粪来，落在她准备好的背篓里。

这个呢需要本事的。王女子能看出来哪头牛已经拉过牛粪了，哪头牛的粪还存在牛肚子里。要是抠错了对象，牛急了就扫一尾巴过来。牛委屈得不行，空空的肚子实在无粪可奉献啊。

抠牛粪是王女子的"王氏定律"，属于她首创。虽然都是定律，但你一比较就发现多么不一样。王女子多智慧，我多笨。黄牛不顶人是谁都知道的，"号"粪是谁都能做的，但抠牛粪就属于创造性的了。不服不行的。

牛粪拾回来，倒在庄门口晒干，作燃料。拾多了也可以积肥。每每拾粪回家，奶奶便等在庄门口。无论拾多拾少，孕姑姑都气昂昂的，无比自豪。她坐在炕上喝茶吃青稞面馍馍，大模大样地吹嘘拾粪的热闹与她虚假的勇敢，像古时战场上得胜归来的将军一样炫

耀。奶奶每次都夸奖她几句，令她受用不已。

至于我呢，顶多算是个小卒，虽然在牛粪争夺战里我是冲锋陷阵的，但混不上一句赞扬。因为尕姑姑汇报战绩时常常把我忽略不计，好像我是没事去凑热闹一样，令我无比郁闷。

有时等奶奶出了门，我就跟她争辩：牛粪可是我"号"下的……常常话还没有说完，就被她打断：行了吧，虽然是你"号"下的，但要不是我麻利，早让别人抢光了，"号"下的还能算数？

说是不算数，可第二天早晨照例把我从被窝里揪起来，陪她去等牛。

每次在牛群里穿梭打拼的时候，我多么希望奶奶能及时地出现，发现那些背回家的牛粪都是我"号"下的。可是一次也没有。奶奶总是等牛群都上了坡顶才出庄门的。然后，尕姑姑就迎上去表功，把我扔在一边。

冬天很冷的时候，我爹就回来了。爹每年都领着好多人去外面搞副业，常常不在家。爹一回来，我便有充分的理由不去抢牛粪了。我的棉鞋尖在画圈的时候磨损掉了，脚指头都露出来了。还有我的手都冻了，没有棉手套。我妈又不管我的穿穿戴戴，她自个儿倒是穿得光鲜。她和奶奶总是踢皮球，我就是那只倒霉的皮球。

126

但爹是个很有本事的人。他会在某一天，在开社员大会或者是别的事的时候，独自放开牛群，把牛圈在我家门口好久。没有人来争牛粪了，我穿着爹买来的棉鞋，从容地拾牛粪，多么窃喜。

我给爹说，王女子常常抢我的牛粪，揪我的小辫。爹说，她再欺负你，你就打她的妹妹。现在想想，我爹可是多宠我。后来，你知道，我就很厉害了，谁惹我我就修理谁。我原本可以很淑女的，很温柔的，是环境改变了我的性格。没有母亲的呵护，父亲又无法在家保护，他只好教给我生存的法则。

但这也不是多坏的事。我十八岁时父亲去世，直到现在，我在生活的黄土飞尘里打拼，靠的就是这样不驯的性格。

那些亲爱的牛粪们，烘暖了我的整个童年。那道黄尘飞扬的斜坡，被我小小的脚尖画过无数的圈圈。那个背着我奔跑的男人，留给我一身的胆识和傲视人生的力量。风也刮过，雨也浇过。尘土落去后，太阳当天照着。

土豆，土豆

　　奶奶把一个白面的馒头切开，一半是我的，一半要带到学校里去交给尕姑姑。她叮咛说，路上莫要贪玩。

　　那一年秋天，我刚刚上一年级。尕姑姑大约上四年级，或者是上五年级。这天中午，她不回家，让我给她捎一份午饭。

　　我在家里吃了煮熟的土豆，吃掉半个属于我的白面馒头。

　　我在路上果然没有贪玩。李花花喊我踢毽子，我也没有搭理。杨全娃喊我赛跑，我也翻了他几个白眼仁。

　　我的书包里装着两个煮熟的土豆，一个黑面的青稞面馍馍，再就是那半个白面馒头。这是带给尕姑姑的午饭。我若是赛跑，万一摔倒了，这些午饭就压碎了，母夜叉一样的尕姑姑还不把我吃掉啊？她那么凶的，长大能嫁得出去吗？我真替她发愁。

一路上，书包里的半个白面馒头，一种清甜的香味，若有若无直地钻进我的小鼻子。心里也惦记着，走路想，站下想，怎么都忘不掉，就算隔着书包摸一摸也好啊。

走到庙台子的时候，已经看见学校了。再不下决心，就没有机会了。我终于无法抵御诱惑，掏出了那半个白面的馒头。我安慰自己说，吃一口，就吃一口好了。然后咬了一口。

结果，这一口咬得太狠了，半个馒头的正中间，被我掘了一口深井。牙齿印儿还鲜鲜的。我知道，无论怎么掩饰，都无法掩饰我咬了一口的事实。那样，尕姑姑就要跳起来和我吵架的。既然我稀罕白面馒头，那么她也稀罕啊。我们一年也吃不了几次的。

我很发愁地看着半个馒头，半晌，决定铤而走险，在深井的边缘地带再掘一掘，吃掉一些，这样，也许就看不出来咬过的痕迹。

结果，吃完之后，才发现半个馒头最后剩下一角儿了，我下口太狠。这一角儿，依然布满了牙齿印儿。怎么也抵赖不掉了。

无奈，只好索性都吃掉算了，假装没这回事。

天啊，白面的馒头真是太香了，香到心窝窝里去了。我几下就吃光了。

骆驼庄园

尕姑姑坐在教室门口等我呢。她饿了，眼巴巴看我进到学校里。目光躲躲闪闪看她，交给她土豆和黑面馍馍。她很失望地问我，昨天，家里不是蒸了白面馒头吗？

我若无其事地说，不知的哦，反正，奶奶就给我这些了。你慢慢吃吧。

尕姑姑郁闷地走了，拎着土豆们，心里不快活。

我侥幸想，也许，她们不会发现我偷吃了的。

可是，我想错了。放学后，尕姑姑一路疯跑，不理我，早早回到家里。

我进庄门的时候，奶奶正拎着笤帚等我呢，一脸怒气。

那个脾气暴躁的老太太。现在这么偷偷地想。

奶奶厉声责问：中午的白面馒头呢？我支支吾吾说不出来，转身就逃。可是，她追过来了。

眼看要逃出庄门了，尕姑姑笑吟吟地关上庄门，扣上门钉锦儿。

本来，我再小一些的时候，够不上庄门钉锦儿，就在地下放了几块土坯。这样，奶奶若是追打，我可以成功地逃脱。可是，尕姑姑仗着比我大几岁，力气大那么一些，总是撤走我的垫脚土坯，害得我常常要重新拾掇才好。

现在，上一年级了，总算能够踮起脚尖够到门钉锦儿了，可是，可恨的尕姑姑在关键时候，插了销。

我急急巴巴拔插销的时候，奶奶捷足先登，将我捉住。实际上，她是个半大的小脚，走路慢，若不是尕姑姑使坏，我是完全可以甩掉她的。

我挨了打，哭哭啼啼坐在门槛上。为了半个白面的馒头，唉。

厨房里，依然是一锅煮好的土豆，冒尖垒了一大锅。尕姑姑的大胯把弟弟夯在一边，很贪婪地挑拣了几个红眼窝的，很沙的土豆，搁在碗里，眼睛却还在锅里巡逻。弟弟很无奈地嚷嚷着，觉得好的都被她挑走了。不过，他的抗议没什么用。

我们家还有好多人，爷爷、三姑妈、四姑妈、叔叔，还有几个表姐表哥。可是，我的记忆里一点儿也没有他们的影子。不知道怎么了。

我的记忆里反复出现的只有奶奶、尕姑姑和弟弟。其余的人，都是虚幻的、模糊的。我的父亲常年在外地，给生产队搞副业。我的母亲在公社当干部。我一年也见不到他们几次。

天底下最可怜的不是孤儿，是有爹娘的，却又见不到爹娘的孩子。做了孤儿，心就甘了，反正，我是孤儿，没什么可怨悔的。

可是，有爹娘，却难以见到，心里充满了怨恨，尤其被尕姑姑呵斥欺负着的时候。

他们的碗里两三颗剥了皮的土豆，捣碎了，再添进去几勺青稞炒面，拌均匀了，叫土豆炒面。一屋子的人都在吃，没有人理睬我。

尕姑姑张狂地给奶奶说，啊呀，我这个土豆真是个蛋黄啊，黄澄澄的，香死了。

我哭了一会儿，就黯然跑到厨房里寻食。熟土豆都是挑剩下的，水兮兮的，歪瓜裂枣的。没有一个好的了。好赖都是要吃的，就挂着眼泪，在他们的嘲笑声里，挖几勺子炒面，添在剥了皮的土豆里，独自端着碗坐到厨房门槛上，狼吞虎咽吃饭。

那时候，总是饿。

早在我四五岁的时候，我亲历了挨饿的滋味，知道那种揪心的恐慌。

那一天，我妈妈终于回来了。她和奶奶一直吵架，吵得天昏地暗。吵完，她就走了，头也没有回一下。

奶奶很生气，就把我撵出去，不让我在家里。

她说，你有娘的，找你娘去。

我慌慌张张爬到山坡顶，看见我娘的影子还在前面晃荡。我拼命喊着，妈妈，妈妈！她总是听不见。

我豁出吃奶的力气去追赶，但我妈妈走得太快了，越走越远，撵不上。最后，我都追到学校那儿了，妈妈突然拐过一个山豁豁，就不见了。

我知道，我还小呢，撵不上她了。只好哭着回家。

可是，家里的庄门牢牢朝里扣着，拒绝一个小孩的回来。我被抛弃了。

多年以后，我在一篇文章里写过那种惊恐："我肯定是号着哭喊了几声，然后滴溜着黑眼珠子盘算自己将要去哪里生存。"

我记得那是一个黄昏，太阳已经落山了。即使过了这么多年，依然能感觉到年幼的我在那一刻，对天黑的恐慌和入骨的饥饿。

我一直土眉土眼窝地骑在我家门前的石头矮墙上，一阵掏耳朵挖鼻子，一阵又象征性啼哭上几声，试图引得奶奶的怜惜，放我进家门。

我的伙伴尚三秀在她们家豁口的庄门里也闪了一下，但没有出来。她妈妈在院子里唠唠唠地叫着喂猪，声音回荡在渐渐暗下来的光线里。

那个黄昏，记忆里整个村庄都是寂静的，并没有人领我去吃

一顿饭。一切努力都是徒劳的。

天的黑在我微弱的喘息声里逼过来。远处山风渐起，嗷嗷的声音是不是狼在山顶饥饿？我捶着庄门失声大哭，奶奶，我害怕啊！

院子里的寂静与村庄的寂静是统一和谐的，整个世界也是寂然无声的。唯有一个五岁的破衣衫小女孩在制造噪音，这个小小的女孩一定是多余的。

寻求生存是一种本能，即便是一个小孩，她也一定懂得这个道理，并且做得游刃有余。

过了尚三秀家的豁口庄门，我一直走进了李青梅家，好像青梅妈对我和善一些。人在关键的时候准确的判断是至关重要的。

据说我噙着眼泪一连吃了半砂锅的土豆。这件事几乎成了梁家庄子的人记起我的一个标志。就是现在，梁家庄子有人过来，仍不忘给我捎些土豆，他们大约认为我打小就特爱吃那些傻乎乎的东西。

我的孖姑姑还有庄邻们都常常拿这件事耍笑我的大饭量。事实上，没有人设身处地想一想，一个小孩一天没有吃饭对饥饿的耐受力有多大。我的几个本家婶娘偶然提起我，都说我很能吃，胃口极好脾气不好。

　　她们无法知道，在那样一个大家庭里，饥一顿饱一顿，处处有孕姑姑的刁难要挟，要不豁出来吃拼了命吃，谁会在意一个命比黄草贱的女孩。所谓坏脾气只是提醒家里人我的存在而已……

　　所以，我内心的恐慌，并不是别人可以理解的。

　　我有个特长，和孕姑姑一边吵架，一边吃东西，两下里毫不耽误。吃饭，其实多半就是吃煮熟的土豆，一定要吃得饱饱的，一点儿也不能亏。

　　这个毛病真是不好，现在，我的胃常常疼。

　　后来，我八岁的时候，我父亲终于不去外面干活儿了。他带着我们姐弟俩，搬迁到一个沙漠里的村庄，离开了大山。奶奶摸摸我的头，眼角是眼泪。

　　在那个沙漠里的村庄，我们过上了吃白面的日子。不过，土豆还是顿顿吃。不是煮熟囫囵吃，是切成丝，炒菜。干拌面，土豆丝，多么幸福的日子啊。

　　我上高中的时候，我慈爱的父亲去世了。妈妈早就抛弃了我们，人影子都不见一个。

　　那是秋天，树叶刚刚变黄。我衣兜里只有三十几块钱了。我决定拿这点钱维持一个月再辍学，我实在是珍惜能读书的日子。

每餐打饭只能打土豆丁臊子面，原来能吃四两面，现在减量到二两。还常常去同学家蹭饭。记得有一回，同学的母亲把烤熟的土豆装在我书包里，我吃了两天土豆，没有去灶上打饭。

……

我是个吃土豆长大的孩子。我的胃里是土豆，经脉里也是土豆。长得也很土豆：憨厚，质朴，土气。

我以为长大后，会厌烦土豆的。结果没有，反而离不开，还是喜欢。蒸了，炸了，炒了，怎么都爱吃。偶然去赴宴，看见烤得焦黄的土豆端上桌，就不顾淑女形象了，伸着手爪子去抓土豆，急吼吼的，怕出手慢了被人抢走。

我是感恩土豆的，养活我长大的食物。远远看见土豆，心里就涌起无边的亲切来。默默想，那些年，我的日子里怎么能少了土豆……

弹指花开

要上初中了，学校离家很远。爹买来一辆飞鸽自行车。

整个暑假我都在打麦场上练习骑自行车。我真是太笨了，怎么都学不会。弟弟拽着自行车尾巴，凭着全身的力气扶持我。

我把自行车骑得七拧八歪，拐来拐去，动不动就丁零哐啷翻掉了。我的膝盖上摔得青紫，崭新的自行车也被我摔得油漆斑驳了，连一个车轱辘都扁了。弟弟心疼得直吸气。

我歇气的当儿，弟弟扶着自行车一阵猛跑，然后跨上去飞奔起来。不得不承认，弟弟比我灵巧多了。他一圈一圈在打麦场上转悠，自行车被他骑得服服帖帖。

后来，爹在晚饭后陪我练车。他个子很高，轻轻牵着车把，

掌握着方向。爹不说我笨，只说车子的确很难骑。

假期结束的时候，我终于学会了自行车，可以骑得飞快，我家的黄狗都撵不上。我的伙伴圆子也撵不上。

冬天的早晨很早，天黑黑，路黑黑。我不敢去学校。爹让弟弟和黄狗陪我去学校。弟弟还在小学，跟我不在一条道上。为了陪我，他得早起半小时。

天太黑了，黑得几乎可以伸手就揪下一团黑来捏乌鸦。我的技术太差劲了。我若是带着他，刚踩几下，我们仨就一同栽倒在路边——我、弟弟、自行车。黄狗惊呼几下，"汪汪"着表示同情。

没办法，只好我自个儿骑着车子，弟弟和黄狗跟着跑。我很坏，总是在黑夜里把自行车骑得飞快，黄狗还行，弟弟撵不上。他落在后面，一个人很害怕。他喊着我的名字，梅娃子，梅娃子。眼泪都要下来了。

跑到大路上的时候，天也快亮了。很多同学的自行车都汇合过来了，车轱辘在沙石路上磕得咔咔咔地响。

弟弟和黄狗折回头，又倒跑几里地去那个叫岸门的小学。

下午放学，我骑过大路，到岔路口，天基本就黑了，可以捏乌鸦了。弟弟和黄狗等在路边。我依旧坏坏地把自行车蹬得飞快，弟弟背着书包，拼命地奔跑。有时我突然刹住自行车，他来不及躲避，就冲过来咚一声撞在后座上。他的肋骨撞得生疼。他抓起一把沙子扬过来，我早就飞跑了。

他哭着，一边哭一边拼命地跑。黄狗在我和弟弟中间跑。每跑一阵子，黄狗就回头看看，停下等等弟弟。我还在前头飞驰。

有时我回家好久了，一碗饭快吃完了，弟弟和黄狗才气喘吁吁地赶来。他的小脸挣得通红，眼睛里噙着眼泪，坐在门槛上呼哧呼哧喘气。黄狗也伸长舌头，呼呼呼。

爹不怎么呵斥我。他说：你这丫头，坏啊，直接一个土匪，真正没有办法，长大了能嫁出去吗？

弟弟哭着骂：等你找了婆家，撵出去，再也不要回来。最后又加了一句，自行车不给你，留下我自己骑。

我弟弟盼望我赶紧长大了找个婆家走掉。他太生气了。而且我还霸着自行车，不让他随便骑。

我和他去看西瓜。我使唤他去苜蓿地里给我家的灰毛驴割苜蓿，我在地埂上拔草。其实地埂上根本没有几根草，早被圆子拔了无数遍了。

我等他进了苜蓿地，看着他割苜蓿。然后从容地挑一个西瓜，

磕开，坐在地埂上狼吞虎咽地吃完。那时候多半是西瓜还没有成熟的时候，瓜瓤刚刚有点粉。味儿还不甜，有点酸。最后我把瓜皮埋在沙地里，呼喊弟弟回家去。

有一天，瓜皮没处理好，被弟弟发现了。他拎着瓜皮跑回家告状。爹常常要花大量的时间给我们断官司，但总是惹不过我，尽量顺着我。他的朋友们见了面就问：刘大个子，你家的左拧根最近乖顺着吧？

左拧根就是我。我喜欢凡事和他们对着干，爹说右，我偏朝左。爹说读书好，我偏不好好读。家里基本由着我的性子，不然动不动就尥蹶子发脾气。

左拧根也是一味药材，叫秦艽。根一直朝左拧呀拧呀，挖出来，像一截绳子拧成了麻花。这是本性，没有办法的事情。爹总是叹口气。

我常常惹祸。某一次，弟弟和他的同学打架，我立刻去声援弟弟。那时候我快五年级了，几乎是学校里的老大。我几下就把那个小孩的脸抓成一个筛子底，血迹斑斑。连闻风赶来的他哥哥，都被我饱揍一顿。

放学后，他爹就领着那个哭喊的小孩来找我算账。我立刻躲到了房顶上去，不肯下来。我爹就赔着笑脸，递着纸烟给人家道歉，赔不是。

我爹说：啊就我家这个左拧根，野丫头，天天惹祸，管不住。你说让我打哩还是骂哩？

那个小孩的爹就叹口气，走了。若惹恼了左拧根，他的小孩天天都要挨揍的。至今记得那小孩姓胡，外号叫胡赖娃娃。

爹看着弟弟提溜着的贼赃西瓜皮，安慰弟弟，你也去吃一个，西瓜嘛，就是要吃的。弟弟泪眼婆娑地说，我不吃，西瓜还没有成熟哩，现在吃糟践了。

弟弟买来一盒蜡笔，新新的，一下都没有画过。我花言巧语拿一根铅笔跟他交换了。晚上，弟弟一算吃亏了，就反悔，不肯换了。我拖延着说，明早了退货。

晚上，我把那盒蜡笔装在大襟棉衣的衣兜里，我怕睡着后被弟弟偷走，就不脱衣服睡了。谁知炕太烫了，早上起来，那盒蜡笔已经熔化了，结成一坨五颜六色的蜡块。

我拿着那坨蜡笔块，坚持要回了我的铅笔，还给他一坨花哨的东西。弟弟哭着，拿着那坨蜡笔，又去告状。他简直太伤心了，哭着饭也吃不下。

爹在寒风里去小学旁边的小卖部里买蜡笔赔给弟弟。可是，

我觉得吃亏，弟弟平白地多花了两角钱，于是就躺在炕上耍赖闹腾着。妈妈提着一把笤帚，站在炕前怒目而视。弟弟在一边助威：梅娃子，再耍赖看妈妈不打你几笤帚才怪哩！妈妈脾气暴躁，最怕别人激。这个弟弟太清楚了。

可我打定主意要闹腾，把枕头扔来扔去，满炕打着滚哭。爹无奈，赔了两角钱我才罢休。

过年了，有亲戚拿来一包点心。那年代，点心真的是稀罕物。一包八块，我和弟弟均分，每人四块。弟弟舍不得吃完，把两块藏在炕柜里。然后，我等到晚上他睡着，就帮他吃了剩下的那两块。

第二天不见了点心，弟弟就哭闹着，断言是我偷吃了。他坐在门槛上哭，趴在桌子上哭，简直太伤心了。我狡辩说，我睡着了，睡迷糊了，饿了，不知怎么就吃了点东西，不知道是点心。这样的解释，弟弟很愤怒。爹想赔给他点心，但根本就买不到，县城里才有。弟弟抱怨爹总是偏着我。

爹给弟弟说，虽然我现在能护着她疼着她，但不能护着她一辈子。等她长大了，去了婆家，别人未必就这样对她好。而你呢，我一直要护着你，帮着你，一辈子都这样啊。所以，允许你姐姐要耍赖，使个坏。

弟弟很无奈地天天和我周旋，被我欺负。时不时地被我打打小报告，被我妈收拾一顿。我躲在暗处窃笑。

上初中的路很远，我不怎么愿意去上学。每逢刮风下雨，我就赖在家里不肯去学校。爹找一块塑料，披在我身上。然后踩着自行车，把我捎在后座上，一路风雨地去学校。雨点打在塑料上，沙沙地，一阵紧一阵疏。

我进了校门，推着自行车。爹就冒着大雨走着回家了。那段路，骑车需要半小时，走的话怎么也得一个多小时。

放学的时候，听完校长训话，我第一个冲出校门，自行车磕得丁零哐啷。几百人呢，我像箭一样射出校门，在大路上飞驰。回头，黑压压的人和自行车撵过来。我弓着腰踩着自行车狂飙，一路领先，一直保持到岔路口。

到现在，仍想念那一身好力气。

去年见到一个初中的同学。他说，那时候你怎么总是第一个飞出校门呀？我总是追不上。我想了想说，我的自行车好呗，飞鸽，新的。就你那个破车子，轱辘都快要掉了，还怎么跟我拼呀！他大笑，说想起来了，你弟弟，总是跟在你自行车后面跑。跑呀跑呀，被你甩得远远的，还有你家的狗呢，也跑得欢呀。

他说，记得你穿着件粉红的衣裳，灰裤子，膝盖上打着补丁。
是的，我一年到头就那一套行头，再没有别的衣裳可穿。

不过呢，初中的时候已经乖顺了很多，几乎不挑衅惹祸了，
因为读了《诗经》，知道"窈窕淑女，君子好逑"。那以后，果和
人吵过架，至于打架呢，一次也没有过了。

茶

人在草木间，说的是茶。可是，也不是单单指茶。这句话，是禅。我是这么想的。你可能还不知道，我是个喜欢想入非非的人。

陆羽说，茶者，"南方之嘉木也"。令我这个北方人羡慕不已。而且，我还没有去过南方呢，不曾见过南方的嘉木。总是想，茶树，是怎样一种禅意的树呢？嘉木在野，《诗经》里一样风雅了。那百年的古茶树，老得禅意，老得孤独，动不动还要开花吧？

花一开，满山都香吧？茶树开花吗？如果没有花，茶叶的清香从何而来啊？假装，它是开花的，不仅开，而且还花如雪，覆盖一山一野。春天开了还不算，冬天想开也就开了，连我的梦里都开满了。想开红的就一树绯红，想开白的就一树洁白。想开大花朵就

碗口大，想开小花朵就米粒大。怎样都行，随着茶树的心情。花开累了，谢了，才长叶子。茶叶才慢慢抽芽展叶。

不要告诉我真实的茶树是怎样的，我不喜欢这样。我的南方嘉木，从《诗经》里一路寻来，才找到我的。《诗经》有多浪漫，我的茶树就有多浪漫。茶树要一直长在我的梦里，从童年一直开花到现在。我的梦都是茶叶的枝枝叶叶里长出来的。我不能容忍，你把我的梦说破。

你以为我喝了多少好茶，对茶叶如此痴迷？其实也没有。穷人家的孩子，最先想的是要吃饱饭才好。至于茶，当然也是喝的。穷到连茶都不能喝到，人生就没有意思了，还不如当初就不要来尘世呢。

我喝茶，一直喝那种黑茶，也叫砖茶。很大的一块，坚硬，可以拿来打狗，砌墙。从小，喝清茶。茶块在炉火上烤一烤，变得酥软了，很轻松地撬成碎块儿，盛在匣子里。煮茶的时候，取一块。那茶叶，粗糙，黝黑，却有一脉暗暗的清香，像我的日子。

笨人们，不晓得此法，直接砸，拿锤子，拿石头，把茶块砸得七零八落。客人等茶喝，主人却拎着半片砖茶，抡起斧头奋力砍茶。碎屑飞溅到门槛上，飞溅到炕上，飞溅到狗尾巴上，满屋子撵着找茶叶，真是狼狈。

还见过一个人，拿锯子锯黑砖。吱嘎吱嘎，他把整块的茶叶锯成两块，再锯成四块，再锯成八块，再用改锥撬下来一块，丢进茶壶里。然后，他的女人跪在地上，铺了一块布单，一块一块拿斧头劈开。我耐心等着喝茶，没有告诉他们在炉子上烤一烤很轻松就劈开了。我守口如瓶，真是小气。

清早，生了火，先熬一壶茶。要熬得酽一点儿，不要太淡。茶熬得有了苦味儿，好了。伸长脖子灌下去一杯，上学去了。这样的一天，神清气爽。若是哪天缺了这一杯，总是蔫，打盹，头疼。我爹说，这丫头喝茶喝得有了瘾。

家贫，有时没钱买茶，我爹就去铺子里赊欠。他是个老实巴交的人，话少，脸上总是堆满卑微真诚的笑，也不知道世上还有赖账二字，所以总能赊欠到茶。

冬夜里，写完作业，爹熬着的茶已经清香扑鼻了。若是有钱的话，还能买了红枣，在清茶里下几枚，喝枣茶。没钱了，就丢几片姜，抗寒，暖胃。一家人围着火炉喝茶，任凭我说一些废话，狼筋扯到狗腿，没来由地乱说一气。我说，茶树应该很高，都长到半天里去了，仰头看，那茶花儿就开在蓝天里，和我一样大的花儿呢。

骆驼庄园

爹听着，黄瘦的脸上还是笑容，吸一口烟，慢慢喝下去枣红颜色的老茶。有时候，弟弟谴责我说，爹啊，梅娃子最能胡诌，你信她做什么？

爹一笑，牙齿黄黄的，不说话。等我趿拉着鞋子出门舀水，爹却说，你看，梅娃子和我一样，喝茶都有茶瘾了。

我舀来带着冰碴的清水，又重新熬上一壶。弟弟伸长脖子，吸溜喝一口茶，又说，盐不够。爹捏起几粒青盐，揭开茶壶盖丢进去。漫长的冬夜，煮沸在一壶茶水里。炉火红红的，照在我脸上。爹笑着说，你看，我的黄毛丫头，红脸蛋儿。

后来又说，梅娃子刚生下来，猫一样大。我隔着门看了一眼，脸上皱皱巴巴很难看的，又是个丫头，不喜欢，就开会去了。谁知道长大了这么心疼的。

他和弟弟都笑得龇牙咧嘴，嘴都咧成个破皮鞋了还不罢休，直接笑翻在炕上。我就给他们俩的茶碗里使劲兑开水，让他们喝淡茶算了，取笑我。

可是笑过了之后，爹眼神里的那种怜惜，好像他的女儿是一疙瘩金子，得好好照看千万不能弄丢了。我弟弟总是很发愁，他说，梅娃子这么迂，又刁蛮，长大了不一定能嫁得出去呀？爹说，没有关系的，我们的陪嫁很丰厚的，两麻袋砖茶，一卡车土豆……还愁嫁不出去？

他们俩在我的气恼里笑得直不起腰。

还记得一天傍晚，爹喝醉了酒，进门就睡了。他的头发乱蓬蓬的，堆在枕头上。我给他扎了个小辫儿，用我的头绳。爹一觉睡醒来找茶喝，脑袋上翘着小辫。我和弟弟大笑，笑得炕上打滚儿。爹还醉着，半天才从镜子里看见小辫，也笑着说，捣乱的丫头。

那样的日子，像茶，慢慢熬着，吸溜吸溜喝着。慢慢长大了。

后来，我到了藏区，跟着镇子上人喝奶茶。还是黑砖茶，撬一块，下在清水里，一点儿盐花，几粒花椒，慢慢熬。熬成玫瑰色的汤水，一根筷子滗出来，掺进煮沸的牛奶里，香气真是醇浓啊。奶茶都盛在碗里，蓝边蓝花的白瓷碗，满满一碗。喝下去，再冷的日子，都有了力气去对付。

一晃，喝奶茶都喝了二十年了。有时候胃疼，在奶茶里加一块酥油，看着黄亮的油汁慢慢融化，铺满水面。吹一口气，香气招摇着，茶味动荡着，竟然满足这么清贫的日子，满足得居然感动。

天祝藏区的人唱酒曲，最有名的"真兰歌"是这样唱的：

对有恩的马儿要知道报答，你如果没有步行走路，你就不知

道马的恩情，你步行走路才知道了马，马儿却在哪儿呢？

对有恩的犏乳牛要知道报答。你如果没有喝过淡茶，你就不知道犏乳牛的恩情，你喝过淡茶才知道了犏乳牛，犏乳牛却在哪儿呢？

对有恩的父母要知道报答。你如果还没有接近暮年，你就不知道父母的恩情，你如果到了暮年才想起父母，父母却在哪儿呢？

我的朋友是一个藏族诗人，大眼睛，黑皮肤，卷头发。因为胖，总是呼哧呼哧喘气，他最喜欢唱这首歌。他先用藏语唱，唱完了再用汉语唱，一遍一遍，歌声清亮真挚。唱到最后，我常常泪流满面，内心一些脆弱的东西摇摇欲坠。是的，我的父亲，一直喝清茶。等我煮好满满一碗奶茶的时候，我的父亲又在哪里？他去世那么早，还未来得及给我筹备两麻袋砖茶的嫁妆。

一杯粗陋的黑茶，陪我慢慢变老。一点点老了，再也没有人听我胡诌。渐渐变得沉默不语，就像父亲一样，对生活保持缄默。也像他一样，脸上准备好了最谦卑最真挚的笑。

"神农尝百草，日遇七十二毒，得茶而解之。"茶，其实就是茶。最早的茶，即茶，就是一味草药，解毒安神。日子里有好多的毒，幸好有茶来解，多么好。人在草木间，多么好，一点儿也不孤单想想都是一轴画，清幽温暖。累了，靠在树上休息。渴了，采茶烹茶。草木无贵贱，多么好。

草木是有气脉的，所以茶才有灵魂。有些草木，成了草药。有些草木，却成了茶，真是世事玄机啊。水煮草木，你知道哪个是药，哪个是茶？草木不会泄露天机。草木也不说话，却把味道交给你，心交给你。人在草木间，天地自有玄理。人不想说话，也不要说好了，这并不妨碍品行高洁。至于做茶做草药，都行，在于自己喜欢哪个。

春天里，百花开。北方只有雪啊，只有雪花开得如火如茶。南方的嘉木，嘉木开花，在我的心里泛滥成灾，铺天盖地地想念着。

渡雨天

远远来了一头牛，我看着是小时候养过的牛，我把它牵到家里，每天都能挤奶。

远远来了一匹马，我看着是小时候骑过的马，我把它牵到树下，仍然做我的马。

远远来了一位老人，我看着是小时候熟悉的人，可他不是我的阿爸，我不能请他到家里坐下。

——题记

年少时的那个小村庄，在腾格里沙漠边缘。我们村的人喝茶，多是粗茶。粗茶是个什么茶？就是黑砖茶呗。铺一块布，拿斧头劈开黑茶，砸碎，盛在空罐头瓶子里，熬茶时捏一块出来。沙漠干燥，黑茶要熬得浓酽一些才解渴。

我们喝茶，就是解渴。至于品味赏色那些雅致的东西，那是没有的。不过一道粗茶，讲什么禅意呢，喝饱才痛快。我爹喝茶，瘾大得很。火炉里丢一些树枝子，笼火，煮茶。铁皮茶壶老旧，都用了十来年了，摔摔打打得不甚饱满，看上去干瘪走样，也不是扁的，也不是圆的。总之，就是茶壶应该有的烟熏火燎的模样儿。

茶水滚了，水尖顶着壶盖，噗噗噗地响。揭开壶盖瞅瞅，水滚成一朵淡黄色的野牡丹。不行，牡丹水还不到火候，再熬熬。拨去树枝子，留下火星子慢慢炖，急不得。爹坐在炕上，吧嗒吧嗒吸烟，吐出烟圈儿，漫不经心瞅着冒白气的壶嘴。白气慢慢弱下去，茶壶盖也不咔咔咔抖动了，一股清香弥漫在屋子里，粗茶熬好了。

茶碗是细瓷的，白，清，亮。茶水滗出来，汤汁浓，紫红紫红，牛血一样。我们喝茶，不用茶杯，都是茶碗。沙漠里太热了，茶碗散热快。一个地域，有一个地域的生活方式。

夏天的清晨，院子里的花姹紫嫣红，美得不像话。空气清凉凉的，可着吸上一鼻子，花香味儿都掺杂其中，似乎有些甜白的颜色。葡萄架底下，泊着木头架子车。爹坐在车辕上，地上放着茶壶和茶碗。他弓着腰低着头卷一支旱烟。没有这支烟，也不行。他喝

茶的声音很夸张，呼噜噜，呼噜噜，真正是香死了。一碗喝干，泼去碗底的残叶，再添一碗。一碗比一碗浓，爹很满意。

暑假里，我自然是要煮饭的。穷人家的孩子早当家嘛。其实那时候，真不觉得穷，反而觉得很富有，啥都有。有花，有桃树杏树都，有蔬菜，有庄稼，有茶饭，真不觉得缺什么。

清茶喝够了，吃一牙烙饼。饼子厚，烙得两面微黄。有时候是白面饼，有时候是四合面饼。四合面就是麦子磨到第四遍第五遍的时候，混合在一起的粗面。那时候的人过日子精细，麦子要磨好几遍，直到剩下的麸皮里看不见一星子白才罢休。

我们家是顿顿要吃饭的，单是清茶饼子顶一餐饭，我饿得抗不住。那时候，我的饭量真是好。

爹坐在车辕上吃完一牙饼子的时候，厨房里饭煮好了。我弟弟烧火，烧的是麦草。麦草的火候，均匀，煮饭格外香。早饭是黄米稠饭，切一碟子白萝卜丝儿，撒点儿青盐芫荽。

文火，先让黄米在大铁锅里滚一会儿，米烂了，切进去一碗土豆块，接着煮。黄米和土豆都熟透了，再撒些面粉，筷子使劲儿搅，搅出来的黄米稠饭真个儿香得渗舌头。倘若再奢侈一些，就在煮好的黄米稠饭上搁一撮青葱，一撮干红辣面，泼上一铁勺热清油。

炝了葱花的饭，香气就飘到村子里去了。

爹对他的黄毛丫头简直赞美得不行，虽说这丫头脾气倔些，性子拧巴些，但是顺毛捋，干活还是相当出色。爹说，这黄米稠饭，谁都不如梅娃子的手艺，真正是太好吃了。

不过，除了农忙，其余时候爹亲自做饭，不允许我迷恋上厨房。邻居们都笑话爹傻，养个女儿还供着读书，舍不得使唤。不过，爹嘿嘿一笑，不说什么。每逢我耍赖皮不去学校时，爹总是摸着我的脑袋絮叨说，丫头，光阴很长，除了做饭绣花外，可以做的事情实在有很多，千万莫误了念大学，听我一句才好。

他这么说的时候，甚至有些恳求的意思。我给他个面子，勉强去了学校。

爹常年穿件旧衬衫，衣领上有一圈一圈的汗渍，脊背上也是。他的生活说到底是一种沉渊素净的深色，所以他的衣裳都是灰扑扑的，似乎忍受过搓揉和火炙一般。沙漠里的太阳，烤得人汗流浃背。天天干活儿出力气的人，顾不上好多讲究。夏天也不用穿袜子，光着脚，一双布鞋。下雨的时候，他戴着破草帽，披着一块塑料防雨，尽管清灼明亮的眼睛神采奕奕，但背影看上去，像个破笠残蓑的老翁。

　　两碗黄米稠饭吃完，一壶茶喝干，爹起身去收拾农具，给灰毛驴喂草。这时候，我就得再熬出一壶粗茶来，灌在热水瓶里。爹下地的时候，一手拎着农具，一手拎着热水瓶。若是地里需要的东西多，就套了驴车，拉着琐琐碎碎的一车子东西，慢慢穿过村子，到大路上去了。太阳明晃晃当天照着，连一丝风也没有。沙漠的天空是一种凝冻的深蓝，而一望无际的苍黄大地上，爹魁梧的身影也显得相当渺小。

　　糜子谷子种得迟一些，也不多，够自家吃就行。主要是产量低，种多了划不来。糜谷种子盛在盆里，掺了沙土，爹低了腰，一把一把撒出去。然后灰毛驴拉着耙子，一遍一遍耙地。爹嫌耙得浅，让我坐在耙子上压。这样，耙过的沙地就深了两寸，刚刚好。

　　我们村的人是要吃"腰食"的，就是早上十点左右，下午四点左右。这个时候，人困马乏，停下来缓缓劲儿。几家凑在一起，坐在地埂上，先喝茶。茶水在暖壶里一焐，变得格外浓，略略有些苦味儿。各家的茶碗都不一样，有的碗边上磕碰出大大小小的豁豁，青灰浅白的旧碗真是难看。也有人家直接就是蓝边的粗瓷大碗，爽快。也有珊瑚红的小茶碗，多半是新媳妇的陪嫁之物。茶食，除了素面饼子之外，还有香豆卷、胡麻卷。这种面食蒸出来像花蕾一样，味道清香，素淡可口。也有烤熟的土豆做茶食的。不过，喝茶吃烤土豆，不是很相配，吃了胃里泛酸。

"腰食"吃罢，再歇会儿，还要接着劳作。等到中午，爹饿得早已腿肚子发软了。爹力气大，干活儿多，人又老实，不惜力气，自己把自己累瘫。他清癯的面颊上沾着灰土，青筋在额角鼓起来。

我们家的茶饭要好点儿，主要依赖于我这个小吃货。我才十岁，就能擀面条。到了十二三岁，做饭的手艺顶呱呱的，村里人可没有不夸的。掐嫩苜蓿芽儿，开水烫过，拌了盐醋辣子，青绿爽口。白菜腌在坛子里，捞出来几棵，撕成细丝，炝了清油，酸而清爽。土豆水萝卜胡萝卜切成丁，拿一勺子猪油炒，做成素臊子，调了青葱和芹菜叶，闻着都清香。粗面擀厚一些，切成宽面条，捞一大碗，浇上臊子，那可真正是美味啊。

爹坐在车辕上喝完茶，把饭菜都端到庄门外的杨树下去吃。屋子里闷热得不行，院子里也烦热，庄门外稍微有点儿风吹一吹，有点儿云淡风轻的意味。左邻右舍都凑过来，菜碟子放在沙地上，大伙儿也坐在树荫下，聊天，吃饭，喝茶。一碗饭吃完，扯着声嗓喊，屋子里的娃娃们就又端来一碗添上。那时节的娃娃多，也都规矩，大人先吃了，自己才能吃。

　　我和弟弟自然也在庄门外吃饭，人小，碗大，鼓尖的一碗。各家的饭菜都差不多，皆为素饭素菜。那时节还没有冰箱，沙漠里燥热，肉放不过半日。除了宰杀家里养的鸡，其余时节很少吃肉。偶尔去一趟土门镇，捎回来一斤肉，包了饺子，端一碗出去，小孩儿们都凑过来，伸出筷子，一人一个尝尝味道。那样的奢侈也不多，一年没几回。

　　我也是很会做揪面片、汤面条。但是爹不爱吃，他说，清汤寡水的，不压饥，还没走到地头就饿了。爹就是得吃干拌面才能饱，菜拌饭，拌了油泼辣子，陈醋，一顿两大碗才好。他有胃病，干拌面里常常要调一勺子炼熟的青白色猪油，吃了胃里舒服。清茶里放几粒花椒，暖胃。

　　到了雨天，不用下地干活儿，终于可得半日之闲了。沙漠的雨说来就来，乌云四合，雨水暴躁如倾盆。雨大，廊檐水啪嗒嗒响着，院子里汇聚起小小的湖，雨泡此起彼伏。爹生了火，熬茶，吃烟，斜倚在窗前，翻看几本破旧的书本。翻几页，忽而掩卷嘿嘿地笑。他的牙齿被烟熏得发黄，笑起来也不难看。

　　有时候，他也拉二胡，吹笛子。说真的，爹的二胡拉得可真是好，有一支民间小调，曲调呜咽忧伤，我听了心里总是难过得不行。他也拉热闹的，《正月里来是新春》之类的，一脸喜气。他一曲一曲沉浸其中时，眉眼都是活泛的。一碗茶，一支曲子，可抵十年的尘梦。

庄稼人的一辈子，无名利去追逐，也无优雅禅意可修炼。只是想着，拉扯大孩子们，盖一院子好房子，人生就算完满了。吃多大的苦，都值。爹的苦重，比别人更多些。但到了雨天，他也小小地闲适片刻，做自己喜欢的事情，这是断不可少的。因为有了雨天，生活才可稍微舒缓一下，他才可以静心领略茶味道，烟味道，书味道，曲子味道。此种乐趣，才是他生活中的真正奢侈。他所受的苦累，似乎就是为了能换得在雨天里享受这种安定与闲情。

现在想来，爹的雨天，大概是乡村光阴漏出来的一点儿古风。虽然书也只几本旧书，笛子二胡也是粗疏的，屋子更是简陋，但他每每端起茶碗，都颇有古人的风雅之味。或者，唯有这些简单的东西，才是他趋甜避苦的生命之道。

雨点初落，掸起尘土，院子里浮着土腥味儿。雨点打在沙地上，像小小的铜钱印儿，密密匝匝铺排开了。落了雨，院子里的花朵都娇艳起来。爹极喜欢喇叭花，沿着花园墙种了很多。这种花，颜色浅而花瓣薄，清晨沾了露，楚楚可怜。不过是开一早上，太阳一照，颜色浅而古旧，几下就萎谢了。唯有雨天，花蕾鼓起来，欲开不开，

努出一尖浅紫或者淡粉，薄脆婉约，像收拢起双翅的蝴蝶。爹坐在窗前，吹着笛子，透过窗户一棵一棵挨个儿看他种的花，脸上浮着笑意。雨水扑落在花蕾、叶子上，那种美，真是美得掸都掸不走。

弟弟掐了一截南瓜秧子的茎秆，中通，撮着嘴吸碗里的凉茶，噗噜噜噗噜噜地响。一会儿又戴上枯黄色的破草帽，披上空化肥袋子，在雨天里拎着两把向日葵叶子乱舞，装作江湖剑客的样子。几棵粗粗大大的向日葵，叶子都被他打光了，瘦骨伶仃的，只顶着一个拳头大蜷缩的花盘，样子很可怜，像一只拔了毛的秃鸟。

小孩儿的雨天，无非是寂寥与拘谨的，不能到沙漠里去野，不能群魔乱舞地疯玩。只能圈在院子里，杀几片叶子取乐。也只是不耐烦地等着雨停了出门，绝对没有"雨过天晴云破处，这般颜色做将来"的豪情和贪婪。

现在想来，爹大概也是寂寞的。红尘寒凉，能够慰藉他心灵的人情之暖，并不多。他的父母，有七个儿女，自然他不是最受疼爱的那个。他的兄弟姊妹，只惦记有没有利益可沾，并不关心他的内心，而且动不动要讥讽他，说他不是真正顶用的亲戚。而他的儿女，尚且小，根本不懂他的寡言与笛音，尤其是他那一根筋的黄毛丫头，有事没事寻他顶嘴。

　　但是，记忆当中的爹，并无颓废悲凉之感。他似乎总是嘴角留有笑意，暖暖的，一派天真的憨厚样子。可能，他只觉得生命的隆重，只喜欢过一种简单幽致的日子，只喜欢他的儿女活泼泼地乱窜疯玩。想起他喝茶的样子，呼噜一大口，痛痛快快吃下——那茶味，该是有锐利的清香吧，能够斩去各种苦涩和粗糙，所向披靡。

　　雨天的屋檐下，鸡儿们排成一溜儿，提起一只爪子，藏在腹下。另一只爪子立在地上，脖子缩起来，眼珠子呆呆的，看着雨水发蔫。半晌，咕咕叫几声，很惆怅似的。鸡儿在沙漠里是散养的，它们长着长着，白的不是很白，花的不是很花，长成一种模糊的颜色，类似戈壁沙滩的那种黄褐。这是生存的选择——失去原色，混入沙漠色，为了不被鹞子发现。下了雨，它们哪儿也去不成，待在家里好不悒闷。

　　黄狗蜷缩在门槛内，嘴巴藏在腿子下，像个圈圈，一声不吭。我进出门槛的时候，都得努力从它身上跨过去。灰毛驴在漏雨的陋棚里不停地吃青草，嚼呀嚼呀，偶尔摇晃耳朵，驱走几只苍蝇。猪比较自在，在雨水里走来走去，哼哼着，粗手粗脚地散步觅食，一副贪婪的样子。小眼睛狡猾奸诈，四下里瞅着，得空便偷几嘴厨房里的鸡儿食。

161

　　雨不停地下着，院子里的人和家畜都在修各自的胜业。平日里大家都忙忙碌碌，我们要干活儿，鸡儿要刨食，灰毛驴要驾辕，黄狗要看家，猪要努力吃肥。无论为生为食，都缺一不可。只是下了雨，大家都闲暇片刻——只这片刻，是断不可缺的稍稍一停顿。在这片刻里，可以思考，可以嗅嗅时光和雨水的味道。

　　我们和它们，在苍茫时空里遇到一起，住到一个院落里，相互慰藉过日子。我们和人遇见，有时候会被人使绊子使坏。而和它们遇见，则绝不会。实际上，鸡儿狗儿更加懂得怜悯，每个生命都是不容易的，不能轻易伤害。也或者，是上苍的怜悯，觉得人太累，打发它们来帮助人们渡过苍茫红尘的种种坎坷。这种情愫，在雨天里更加彰显。

　　有一年我家的母鸡抱窝，孵出十来只小鸡。但那只母鸡不知怎么病死了，留下一窝鸡孤儿。我负责早上把鸡笼推到院子里晒一会儿，中午挪到屋檐下。但是那天中午，我忘了这事，跑到巷道里疯玩。等我记起鸡孤儿们飞跑回家，一窝小鸡都晒瘫软了，蔫蔫地，黄茸茸地倒下一片。屋檐下阴凉了一下午，又喷水，又扇风，只活过来一只。那只小鸡晒伤了一只爪子，走路一瘸一拐。爹傍晚收工回来，看着一窝小鸡尸体，没有说话，皱眉，左一碗右一碗喝茶，一会儿喝光了一茶壶茶。他把一支卷好的旱烟叼在嘴上,俯身凑到火炉里一根柴火上,伸长脖子,使劲儿吸。他不吃烟锅子,不过瘾,费火柴。

即便是心里多么不痛快,爹也不责骂他的倔脾气丫头。生个女儿,是拿来怜爱的,不是出气筒。倘若骂来骂去,又何苦生她呢?日子也不必那么万无一失,有点儿小疏忽算什么。我早已捏准了爹的心思,就算做了错事,也不必畏首畏尾的,最多装作又惊又痛的样子。

不过,那年我家的屋檐下,非常寂寥。下雨的时候,那只孤单的鸡孤儿就跑到门槛内,和黄狗搭伴儿。雨一停,墙头上的麻雀叫得极为热闹,这只鸡儿就被吸引出去,跳到花园墙上,伸长脖子朝墙头上看。它大概不能确定自己的身份,以为和麻雀是同类,疑心自己被麻雀妈妈抛弃了。鸡孤儿心存疑窦地咕咕叫着,小眼神儿委屈谨慎,那条瘸了的腿,迟疑地收起又降下。麻雀们扑棱棱飞走了,在天空里消散。鸡孤儿慢慢踱着步子回来,蜷缩在我的脚下,吸取一点点温暖。

雨点稍微一歇,我就去掐花枝。院子里积了一摊水,零星的雨滴敲下来,水面薄薄的一圈皱痕漾开,微微一皱一皱。爹种了很

多草红花，花朵初开，软黄中透着柔红，有点儿清甜微润的味道，摘了花瓣泡茶喝。但我是不管的，只要开得好的，都掐了，收成一大束，插在一个阔口罐头瓶子里。清瘦的荷包花，热烈的大丽花，幽淡的蜀葵，都连枝子掐来，花瓶移到木头桌子上，尊荣而清凉地盛开，屋子里就有了生气。

葡萄架底下，缀着一串串青葡萄，才豌豆大，硬硬的，青涩地挂着。葡萄叶子密匝匝地悬空坠着，老藤盘旋，像一幅镂空的图案，一刀刀地剔出层层叠叠葱绿的叶子和硕硕的果串。藤上也坠着繁密的露水，滴答滴答——它可不是以泪示人，它是拿露珠点成一道道的虚线，打量季节的距离。

爹拉着二胡，有时候看着窗外的葡萄架，有时候看我，满眸的欢喜。他的脸瘦干瘦干，黄苍苍的，有一种说不出的慈和。可能他透过花草看见一些东西闪烁，也可能透过我看见一些时光流动。多数的时候，爹的神情平静而寂然，似乎没有世事纷扰。只有他的二胡声里，似乎隐隐能听出丝丝薄愁，或者是一种凄然，隐着潺潺流意。不过，骤然而来的大雨声，又会蚀掉一些幽柔，让他的寂寥变得空荡而模糊，虚虚实实地朦胧起来。

有一年，他外出打工，在一个叫双龙沟的山沟里给人家背石

164

头掏沙子——有钱的掌柜淘金子，雇了很多农民干活儿。爹在井底下掏沙子的时候，一块大石头掉下来，压折了右手的小指。那时候的受苦人，伤了就自己回家医治，掌柜连个回家的车票都不会给。爹躺在炕上养伤，那根逃走的手指，让他疼得翻不过身，额头的汗珠子流水一样淌着。他自然没钱住医院，每隔几天，有个韩大夫来给他换药，开一些消炎止痛的药片。

天晴的时候，伤口疼得稍微轻一点儿。一旦到了雨天，伤口的疼就格外厉害，而且还牵扯出一些旧疾，疼得浑身打战。爹还是斜倚在窗前，咬着牙忍着，一只手卷着旱烟，又叮嘱我烧茶。旱烟是新烟叶子，未老就采摘的，虽晾晒干了，但仍旧青绿，未褪尽烟叶生长的颜色，还有青草的味道。老的烟叶子颜色是金黄的，闻着有股清香。爹使劲儿吃几口烟，又端起茶碗咣当咣当大口喝茶。他喝茶的声音沉重而急速，似乎是对疼痛的反击，那么急促而又无可奈何。

爹吃了药片，神色黯然，然后沉沉入睡。他的眉头皱着，纠结成一疙瘩，渗出苍凉的况味。胸腔一起一伏，偶尔呻吟几声，凄然的余韵在屋子里回转，像刀尖割破羊皮的那种锐声。窗外的雨声一阵紧一阵疏，他细瘦郁悒的面容，在阴天里饱含着水分——眼泪

做的水分。但他忍着，始终没有掉下一滴。看见我们，还是低眉一笑，似乎沧桑的命运，并不能够挫伤他。

有时候，阴雨连绵，他的隐痛就一次次水流般冲击身体，疼得睡不着。爹披了衣裳，在屋檐下踱着步子，高高抬起脚，绕开脚下的鸡儿狗儿。雨水急急打在院落里，树枝子颤动，花瓣颤动，他蹙了的眉梢也在微微颤动。大雨白花花泼下来，把爹撵进屋，他悄然立在门口，心头万斛愁的样子。倘若有一把钥匙，爹一定想趁着大雨拧开那道闸，让眼泪暗暗淌一淌，正好被雨点掩饰着，谁也看不出来。或者，我们都不在家的时候，他一定在雨里痛痛快快哭过一场。他活了一辈子，美好的东西只是想想而已，至于承受的，都是彻骨的寒凉——实际上，爹的一辈子也并不很漫长，只有 39 年而已。

疼累了，爹需要吃一点儿东西来抵御下一波袭来的锐疼钝疼。一坛子腌菜，酱油里腌着胡萝卜。一只手切菜，切得很潦草，粗粗切碎而已。还有炒面——先把麦粒在大铁锅里炒熟，然后掺杂一点儿炒熟的麻子、豌豆，混合在一起，拿到磨坊里磨成面粉，叫炒面。茶水烧开，滚滚地浇在半碗炒面里，搅拌成半干的样子。然后，铁勺里炼一点儿熟猪油，热热地泼在半干的炒面里，一股清淡而干香的味道蹿起来，爹吸吸鼻子。那时候的庄户人家，大都吃炒面。也

是清贫，也是节省，并不是有意吃吃粗粮，去寻求粮食固有的清淡
滋味——谁那么矫情呢，吃饱就很好啦。

爹坐在炕沿上，吃一口炒面，吸溜喝一口热茶，一会儿再咯
吱咯吱嚼着腌胡萝卜——食物是一道轧然开启的木门，能够暖和他
在寒风中瑟瑟的身子。

爹一只手做这些一定很笨拙，很费力。我放学回来，厨房里
是他吃剩下的几片深红的腌胡萝卜，炒面碗放在灶台边，茶壶还在
火炉上噗噗响着。他还是斜倚在窗前，披着半旧的外衣，被子盖在
膝盖上，一只手别别扭扭翻着半卷残书。看见我进门，蜡黄干瘦的
脸上突然绽开笑容，好像女儿回来，就能够抵御一切苦闷与烦忧。

有一回，我翻着那半卷残书跟他说，不知道你是怎么想的，
反正我读起来，对"袭人"这个名字感到很惊诧，似乎有些突兀，
像黑暗中悄然隐藏着什么，或许暗示着她的命运。爹忖度了许久，
慢吞吞地回答道："庄稼人，读书不过是消愁破闷，等天晴了，还
有庄稼活要做，哪里有心思琢磨这个。等你念了大学，就知道世上
有很多取悦心灵的东西。可你总是不肯用功，玩啊，玩啊，玩不够。"

他低头，愣怔怔看着自己受伤的手，脸上涌起无限的怅惘来。
那一刻，他的神情有些萧瑟。窗外，大雨箭一般又骤然射了一地。

那些寒凉之气，暗暗卷进屋子，咬着他的伤口。爹蹙眉，忍不住呻吟了一声，吩咐我拿茶过来。他的那根手指彻底萎缩干枯了，他举起手，那根黑紫的指头耷拉着，只连着一点儿皮。他抽了一口气，脸色蜡黄。

韩大夫说，你这手指本来是能保住的，县城里住住院，就能恢复。老这么凑合吃药，现在彻底废了。

爹低下头，另一只手搓着炕上大花的床单，额头的汗珠渗出来。他咬住嘴唇，坚持让自己的眼泪不淌下来。半晌，哽咽着说："一分钱逼死男子汉哩！我拿什么去住院？"

本来是忙惯了的，日子乍然闲下来，爹有些张皇无措。待雨稍微收一收时，他用一只手，从炕洞里撒出来几铁锹火子儿，扒开一个小窝，把一碗青豌豆倒进去，埋好。豌豆在火子儿里骤然爆开，一粒一粒乱跳，发出噗噗的声音。一小团一小团的灰尘，扬起又落下。

爹半蹲着，拿火棍扒拉着，一会儿，把爆好的豌豆和炕灰慢慢地摊开，晾凉，然后撮进簸箕里，筛去灰土。爆熟的豌豆在筛子里乱跳，五谷的清香味弥散，爹脸上微微笑着，有些原谅雨天的意思。

我的书包里多了一包熟豌豆，呀空儿咯嘣咯嘣嚼。面阔口方的数学老师大怒，喝道："刘花花呀，你再嚼豆子，给我滚到门外去。"我脸皮厚，自然是不滚的，只是闭上嘴暗暗嚼，硬是不发出声音来。

爹养伤的那段日子，偶尔也炒一些面豆子。鸡蛋白糖加在面粉里，揉好，切成大豆般大小的粒，洒一点儿清油，在大铁锅里炒熟，给我们当零食。把土豆煮熟，捣成泥，加了调料、葱花，搓丸，炸成素丸子。他真的很神奇，只用一只手，什么都能做出来，只是稍微粗糙一些。

那时候，也还小，只知道爹的劳碌，并不关心爹的人生。其实他的人生对我们多么重要——直到我们成了孤儿之后才恍然醒悟。不过，事事都迟了。小时的欢喜和长大后的喟叹，都被时光滤得只剩下孤寂和沉稳。

可是，谁的光阴不是生悔的呢？生命原本过于美好，无论遇到怎样的人生，都觉得还是有憾。到了现在这个年纪，倒也事事想开了。和日子妥协，和往事妥协。爹给我们的，也是一场花开前的雨。至于怎么才能开得豪奢惊艳，那得靠自己。

那年的雨似乎格外稠，天空总是铅灰，沙漠里的草木都排山倒海地生长，新绿老绿挤在一起，攒成"寒山一带伤心碧"的深沉苍茫。野骆驼成群赶来，水蓬草，红柳，沙芦苇，挑拣着大吃一番。

骆驼庄园

我家一个亲戚住在沙漠深处，他来串门时，顺手逮了一匹野骆驼，给爹说："你手疼，那块茌子地我帮你犁，撒点儿荞麦，秋天还可多收点吃粮。"

野骆驼眼神清澈，楚楚可怜。不过它很生气，不停地吼叫着，扭头甩脖子，刨蹄子，不肯吃苜蓿草。亲戚很有些手腕，居然给野骆驼套了辕，牵到茌子地里。它过分恼恨，不肯踏犁口，胡乱拉着犁铧，一拐一拐地犁地。亲戚连滚带爬使唤野骆驼，笨拙至极。爹立在地埂上，忍不住哈哈大笑——那是他受伤后最快乐的一次。

野骆驼犁出来的地粗疏不堪，但种荞麦也不甚讲究精耕细作。爹给野骆驼饮完水，解开笼头放了它。野骆驼像一支箭一样射进沙漠深处，爹长久地看着远处，风扑打着衣襟。那些黑色的籽粒，轻柔地覆盖在苍黄的沙土里，能够击退他内心的某些伤痛。

只是那一块荞麦地，足以让他欢喜一个季节。雨从大漠深处的草木间穿过，一波一波斜斜赶来，像一声硕大的叮咛，轻柔降落。雨中的胡杨叶子晚绿含黄，沙枣树销金点脆，草红花娇滴滴的浓红，向日葵开了半牙，花瓣是一种沉稳的黄釉色，纯净而炫耀。爹拾起枯树枝子，丢在火炉里，看着旧红的火苗扑跃。他的茶壶烟熏火燎的，架在柴火上，噗噗响着。薄薄的烟带着草木清香味儿，乱窜出来，缭绕在屋子里。茶壶口白色的热气喷出来，茶香也跟着散布出来。爹斜着肩膀，拿起一只粗陶的茶碗，准备喝茶……

爹去世后第二年，我暂住在山里爷爷家，跟着叔叔种地。有一天，我七十多岁的老姑奶奶骑着毛驴，毛驴背上搭了一条蓝花的褥子来接我。我摸遍全身的衣兜，翻遍几个包包，凑起十来块钱。我带着这点儿钱，几件换洗的衣服，跟着老姑奶奶到了县城打工。

那年一直是干旱的，庄稼地里都是晒干的草秆，几乎要绝收了。到了秋天，老天似乎要把积攒了一年的雨水全部还给大地——柱子一般的雨砸下来，未尝不像是天漏了。

我在亲戚家一间幽深的屋子里，趴在窗前看雨。大院里已经看不到地皮，都是水。天上的水一脚踏空，落在地上的水里，冒起来碗大的水泡，浑黄色的。踩着雨水的一个女人仿佛被拉到一个阴暗的、懵懂不清的时空里，被雨砸得趔趔趄趄。她推着三轮车，冒了雨立在院子里，嘶哑地叫卖——桃子，山里的晚桃——

院子里只有她一个人，却显得格外拥挤，她在柱子一般的雨的间隙里叫卖。一种凄寂的况味弥散。我头上顶了一块手帕，披着旧袄子买桃。网兜的绊子一下子解不开，她用牙咬住慢慢撕，一点儿一点儿地撕开。我们都被雨水拍得睁不开眼睛，身子缩着，像从

天空坠入凡尘。

至今记得那个水汽熏熏的雨天，我独自坐在幽暗的房间里，剥去晚桃的皮，含泪吞下。我吃掉整整一网兜的桃子，桃核排在桌子上，细密，孤寂。心情一如深秋的空谷，百草百木都落了层清霜。那天，我一遍一遍固执地想父亲，也细想我的人生——也可能大哭过一场，只不过现今记不清了。

现在的雨天，似乎比那时候短促一些，雨点也更加疏落。每逢下雨，屋子里光线阴暗，窗外淅淅沥沥的雨点，雪域高原的树枝子颜色渐深，脱去青灰的暗淡，稍稍有点儿迷人的情致。这时候，就想起爹，无端觉得，他还在那个遥远的沙漠边的小村庄里，喝茶，吃烟，拉二胡。屋子里，花草挤在罐头瓶子里兀自开放，清香浮动，盈盈有生气。

某一天，我说的是今年，看"非遗"演出。有人唱歌，请他翻译过来：

> 远远来了一头牛，我看着是小时候养过的牛，我把它牵到家里，每天都能挤奶。
> 远远来了一匹马，我看着是小时候骑过的马，我把

它牵到树下，仍然做我的马。

远远来了一位老人，我看着是小时候熟悉的人，可他不是我的阿爸，我不能请他到家里坐下。

像冰雹打在草窠里，接下来我的心里大雨滂沱。

老磨坊，老巷子

葵花叶子在头顶密密实实遮掩了天空，叶子背面的绒毛针尖一样铺张开来，我钻来钻去拔草的时候，刮擦得胳膊啦、脸蛋啦，一道道的白痕——汗液渗透在刮痕里，生疼生疼。那时候，沙漠里种的是老品种葵花，枝干高大，叶子肥硕，像一棵一棵树。

葵花地里杂草多，拔下来背回家，猪等着吃。灰毛驴自力更生，拖着一条皮子缰绳，细细的腿子抖动着，伸长脖子一刻不停地咀嚼，嘴角绿色的汁液冒着泡泡。我把它拴得恰到好处，刚刚能在地埂子溜草，不能偷吃到庄稼。

爹从葵花地的那头走过来，坐在地埂上，脱掉鞋子，咔咔抖着鞋壳里的沙子。没抖干净，又在石头上磕，哪哪哪……"梅娃子，吃了晌午，咱们推磨走呀，麦子捂好了。"爹一边磕他的鞋子一边扭过头朝我说。他的鞋子像两只破旧的小船，灰尘扑扑。

爹的活儿多，需要一个帮手，尽管我也只有十二三岁。星期天和暑假，简直成了他的黄金时间，重要的活儿都算计在这个时间段。

要磨的麦子，头一天就淘洗过了。一口半截缸，添了清水，爹把麦子倒进去，我从厨房里拎出来擀面杖，然后伏在缸沿上搅呀搅。淘好了，一笊篱一笊篱捞在筛子里控水。沙漠里的太阳白亮得刺眼，屋檐下窄窄一溜儿阴凉，我躲在阴凉里淘洗麦子。爹在院子里铺了布单，把控了水的粮食泼在布单上晾干。麦子上的水分透过布单迅速渗进地皮里，爹挥动着白蜡木杆子，搅动粮食，让它们均匀地铺开，吸收阳光。晒干的麦子，要在麻袋里捂上一夜，磨出来的面粉有筋骨，不然走水粮食磨出的面粉不筋道。

天气实在热，晌午吃得简单，一碟子凉拌小白菜，一碗干拌面。爹吃了饭，赶紧去睡会儿。我穿了他的衬衣当作水袖甩，在葡萄架底下扭扭捏捏唱秦腔，收音机的音量调到最大，自我沉醉得不行。爹醒来，满地找鞋子，找衬衣，然后迷瞪着看我——鞋子和衬衣都被我穿了唱戏。

175

骆驼庄园

　　灰毛驴大概也打了个盹儿，眼角堆着两坨眼屎。它拖着架子车，慢腾腾地走着小碎步，出庄门的时候，车辕蹭了一下门框。爹心疼门框，瞥了一眼门框上的陈年旧伤——被车辕刮擦出来的两个槽。然后返身扣上钉锦儿，咔嗒一声挂了锁。其实锁不锁都关系不大，那个年间的乡里也没听说过有贼。其实也没啥可偷的，一家子比一家子穷。

　　磨坊不远，路过两个庄子就到了。灰毛驴很奸猾，一路都寻有树荫的地方走，它也热得不行。它一边走，一边晃动尾巴打苍蝇。村庄里狗多，不过，有大人陪着，狗掂得清，不敢过来扑咬，顶多乱吠几下。爹呵斥一声，它们吓得卷起尾巴缩进庄门里去了。

　　穿过一个细长的村子，左拐，是一道深深的巷子。巷子尽头，就是磨坊，磨坊背后是辽远的庄稼地，一野的庄稼正如火如荼地生长。磨坊门锁着。磨坊旁边几棵柳树，几棵白杨树，卸车后，灰毛驴就拴在柳树下。它很无聊，尾巴甩来甩去，其实也没几只苍蝇可赶。架子车上拉着一小捆苜蓿草，我丢给灰毛驴吃，免得它无事可干乱转悠。

　　爹坐在树下歇着凉，慢吞吞卷了一支旱烟，叼在嘴角，倒背了手去找磨坊主。灰毛驴吃草，剩下我无所事事胡转悠。磨坊不是很高，四方四正的，牛肋巴窗户，糊的白纸都成破索索了。窗框上，门楣上，都落满了索索吊吊的面粉尘，像个眉毛胡子白了的老汉子。我蹬着窗户爬上房顶，四下里瞭望一圈，实在热得受不了，又溜下来躲在树荫下。爹和磨坊主一高一低地从巷子里走过来了，两人高声谈笑，嘴角都叼着旱烟，脸上的树荫明明暗暗移动。

那时候，我的老家深山里还没通电，都是水磨，咯吱吱转动的那种。而我们搬迁到了沙漠里，早早通了电，磨自然是电动的。但是，也不是多么先进——爹把整麻袋的粮食投进进料口，电动磨轰隆隆震动，把粮食都吸进肚子里。另一个悬空的筒子里，吐出来磨碎的粮食，吐在一个木槽里。我需要把磨得半碎的粮食重新投进料口，再一次打磨。

这样的重复，一般要四遍，我们叫四掺。头掺面有麸皮，是黑面，也有混杂的土珠子、沙砾，有些硌牙，要单另收拾在面袋里，口粮不够就吃，口粮够就当了饲料。二掺、三掺都是顶级的白面，小心翼翼收好。挖面的工具，我们叫厦子。到了第四掺，就成了地道的黑面，粗沙沙的，吃面条不行，只能蒸馍馍。磨到第四掺就打住，剩下的都是麸皮。

但爹总是想着多磨一掺，多磨出一点儿黑面贴补光阴。爹不

好说，就给我挤眼睛。我跑过去给正要拉上电闸的磨坊主说，还要磨一遍的。磨坊主舔了一下嘴唇，笑着点头，让磨再转一会儿。我们又多磨出大半袋子黑面。其实磨坊主也没闲着，帮着挖面装袋子，探头看木槽里面粉磨出的成色。他的额头很深的皱纹里填满了面粉尘，头发上也落满白尘，看上去很苍老——实际上也不过30多岁。

付给磨坊主的费用，叫磨课。付现钱是没有的，磨坊主拿过来一个破本子，记上我的名字，记下磨课钱数目，到秋天收了庄稼再结算。爹欠账，总是写我的名字。他嘿嘿笑着说："这野丫头才是家里的掌柜子。"那时候，我串门串得天昏地暗，附近村庄里的人家，谁不晓得刘家的野丫头呢。

两麻袋麦子，磨课也不多，似乎十来块钱的样子。临走，要留下一厦子麸皮作为人情。那个年代，人情比磨课更为重要。谁家要是没舍得这点儿人情，那是天大的笑话，会被庄院邻居们嘲笑一辈子。

现在想来，爹也很可爱。他欠了账，到了期限还没有钱，就打发我去给人家回话，说再欠一欠啦，家里还不宽裕啦什么的。写个欠账单，赶紧写女儿的名字，自己多么不好意思呢。好几次，我独自穿过那个深深的巷子，给磨坊主回话。倘若他老人家还活着，被我提起这些旧事，一定会躲在角落里笑，笑得眼睛都找不见了。

　　沙漠里的夏天，没有风，乡村小路边的树叶寂然不动。辽远的天空下，一头灰毛驴拖着架子车，兀自咯噔咯噔走着。小丫头顶着一个树枝子编成的凉帽，跟在架子车后面梗着脖子吼秦腔。年轻的父亲，像押运粮草的大将军，嘴角叼着一支旱烟，倒背手，头发上肩膀上落满了面粉尘，白苍苍的，眼神柔和地看着女儿聒噪。

三十里山路不拒绝脚步

那天早上，我们都没吃饭。从姑父黑红的脸膛上绽出一丝明显的不悦。整个冬天他都不在家，我和弟弟就一直住在他的家里。事实上，我们已无路可走，再无亲戚可投奔。是三姑妈收留了我们。其实我们也准备好了在三姑妈家过年。但腊月二十九，姑父打外面回来了，一直黑着脸不说话。第二天，腊月三十早上，三姑妈眼圈深下去一圈。我和弟弟匆忙收拾了几件衣物，临时打算去老家过年。

从跨出庄门的那一刻，我们都清楚，漫长的流浪生涯又开始了。

那一天特别冷，我们也没有一把刷子可以打扫身上的寒风，只有愁怨尾随我们走上大路，再次把全部的伤心如影子一样拉长放大。

起先我们走得心不在焉，这三十里山路实在不经走，如果我们很快走到老家，除了爷爷的长吁短叹与愁眉苦脸，婶的表情绝对难看，弟弟一看那张脸，伤自尊得喝不下一口水。

三十到初一，也就眨眼之间。但那一年的那一天，初一仿佛遥远得一秒一秒都不容易熬过。

我们在寒风里磨蹭着走，一边商量过了初二，我们再去谁家蹭两天，等过了初八，我们又去哪里打工谋生。风极硬，弟弟说他想起父亲盘的火炕，我感觉鼻子有些酸，眼泪花打转转。

大约中午时分，到了鸳鸯池，路才走了一半。回头，极乐寺的山顶还看得见。我突然感到目眩，太阳白花花得晃眼。弟弟说你一定是饿了，血糖低了，心情又不好。他左顾右盼，希望看见有路过的人能要些吃的，但那天路上没有行人。

我坐在路边，浑身没有一点儿力气。我不知道现在减肥的女孩们有没有那种虚脱的感觉。我那天大约是一种提起来一条放下去一堆的古怪幻觉。弟弟皱着眉，对我说："姐你一定坚持着，一定坚持着。等过了前面鸡冠峡就有人家了，就能给你找些吃的来。"

现在也常听见这句话，"一定坚持着"。那眼泪就快流出来了。那是一种什么样的心情啊！希望渺茫，心底升腾起空空的感觉。

我们不再说话，默默加快了脚步往前走。

我不住地擦擦额前的虚汗，张大了嘴巴呼吸，没有哪一次饥饿这样隆重地让我回忆了，还有那种对未来的迷惘与担忧。

寒风是华佗的手，为你刮骨疗伤；饥饿是宿命里的爱情，一遍遍把你折磨。我仿佛听见我的长发在冷空气里嘤嘤地哭泣。

也许，只一滴泪，便溅起了无边的伤心；也许，只一枚枯叶，便将我脆弱的坚强款款击落。

过了鸡冠峡，有个村庄叫青土坡，村庄离我们依然很远。爬上一道大坡，我们在半山腰看见山脚下有两户人家。头一家，门口拴着一条黑狗。第二家，院子里有个穿红棉袄的女孩在走动。我们的目标便锁定第二家。

弟翻遍衣兜，找出一块钱来。他笑笑说："一块钱总能买一个馒头吧，反正我还不太饿，扛得住。"

我坐在路边，看瘦小的弟弟从积着雪的山洼里下去过了河，站在那户人家门前说话。那一刻我非常紧张，担心人家不卖给他馒头。

从屋里出来一位妇人，领着弟弟进了院子又走进屋里，我松了口气，耐心地揪住一些枯草等待。

我一生都无法忘记那一刻弟弟的喜悦。他大声说："姐，她们竟然不要钱，你看送给我这么多！"雪白的馒头和炸得焦黄的油馃子堆在他胸前。然后他耸耸肩还不忘他的幽默：孙悟空替师父找来吃的了。

我们大笑，在冷风里吃腊月三十的午餐。后来我四处漂泊时也常在风里一边走一边吃一块饼或是馒头。直到现在，我吃饼时仍能吃出一种独特的沧桑和泪水。我相信，这种特异感觉别人肯定没有，是上苍给我的专利。

我已在风雨中孤独地行走了太久，梦太瘦，沉默依旧。只是在曾经的苦难里，常常有一些钻石般的善良让我感动，成了我绝版的回忆。

泥土的补丁

　　我上学放学的路上，经过野槐湾。野槐湾的村口是一大片的空地，地皮子青青的，和打麦场一样平整干净。村子里的人家脱土坯，就在这块空地上。

　　有时候连路面上也是脱好的一溜溜土坯，只留下很窄的间隙让人行走。人行走是没问题，多窄都能穿过去。问题是我不是行走的，是有车一族——骑着自行车的。要是土坯间隙留得不够直，穿越这段路就很难了。

　　要想绕开这段路，就得横穿村子。但是你不知道，野槐湾的人家很霸道的，家家没事养一条大笨狗玩，那些狗们气宇昂扬多厉害啊。有一年晚上，给我妈买药，壮胆穿了一次，差点被那群狗当了点心，胆战了好几天呢。

当然，他们经常在空地上脱土坯，经常蔓延到路面，居然练就了我的车技。远远地，我盯好那歪歪扭扭尺把宽的土坯间隙，收腹提臀，身体前倾，掌握好车把，飞一般地飙过去了，脱土坯的人看得目瞪口呆。一般很少有失利的时候。偶尔也碰坏过土坯一两次，但恰恰是没有人看到，窃喜了很久。

我爹也常常给冯家脱土坯。我们是外来户，在村里要想立住脚，就得给村主任家出力气。村主任就是看准爹一身好力气才允许我们落户的。爹脱土坯很仔细，就算给人家干活，也是尽心尽力，脱出来的土坯四方四正，有棱有角。

我爹给冯家脱土坯，几乎起早贪黑。老冯那家人心狠，泡好的一大堆泥像草垛那么高，等着爹把它脱完。爹仔细地刮净土坯模子里的泥巴，撒进一层干土，铲起掺了麦草的泥，摔进模子，举起来，扣在地上。他一天到晚重复着这系列动作，直到天黑透了，才疲惫不堪地回家来。他的脚步沉重，走着，吭吭地干咳着，黑夜里他嘴角的烟头一亮一亮的。

爹没有钱买很多的烟叶子。他仔细地节俭着抽那些黄黄的烟叶。累了一天，他坐在炕沿，揉碎烟叶，把粗硬的烟梗拿剪刀细细

剪碎了，掺成烟渣子。他裁下一绺儿报纸条，很熟稔地卷起一只烟卷，点燃，大口地、贪婪地吸。淡淡的烟雾弥漫在屋子里，爹疲倦的目光在面前的烟雾里时隐时现。临睡之前，他卷好几只烟卷，自语说，这些明早够抽了呢。

现在想想，他甚至不愿意耽搁卷烟的工夫，一心一意地去做一件事，多么的踏实。他总觉得自己有一身好力气，一颗好心肠，即便给人家白白干活儿也不能偷懒。老冯家的人都嘴巴抹了蜜，甜着一张薄嘴怂恿爹干更多的活儿。爹是个心急的人，他急着想干完冯家的活儿，还要忙自己家里的，所以不惜力气，不耽搁工夫。

野槐湾的土坯，总是脱不完。那段我必经的路途，总是土坯挨着土坯，只留给我一条白线，打发我来来去去。远远地看到那片空地里挨挨挤挤的土坯，我就开始深呼吸，收腹提臀。

我讨厌透了这段路，怀疑野槐湾的日子是以土坯为主、为生命似的。这个村庄里疯长着的莽莽庄稼田，密匝匝的树木，以及地埂上拴着的羊，咩咩咩——咩咩咩地喊，院墙边拴着的毛驴，嗯——昂——嗯——昂地叫唤，大笨狗在路边搔首弄姿，还有田野里刮来的风，好像这些都是村庄的皮囊啊，都不是村庄的关键，只有土坯是村庄的心似的，多么重要的样子。

你家方脱罢，我家又登场。这片空地上总有脱不完的土坯，像从地底下冒出来一样方便，也好像这空地天生就是用来摆放土坯的。空地上摆不完，占用了路，天经地义的样子。

于是，我常常盼望下大雨，最好是暴雨，好把土坯都冲坏，让他们感到沮丧而放弃脱土坯，去干些别的事情——我认为有意义的事情、浪漫的事情。

每次路过这里，我的内心就筛下一片大雨，渴望把土坯们沐浴沐浴。不过真有几次大雨来得正是时候，也真是按我的心愿冲坏了大批的土坯。

但是真正沮丧的是我，他们很快收拾残局，又脱了一批新的土坯，比原来的更多，路面也被挤得更窄。我提心吊胆地从巴掌宽的土坯间隙里穿过时，干活儿的人停下手里的活儿，笑嘻嘻地看我表演走钢丝，有些幸灾乐祸的意思。还没走多远，他们就在我背后粗声野气地说："这是刘大个子的丫头，一个女子读什么书，还不如早早给了人家打发了过日子去。"这样的话我听得多了，也听皮实了，并不计较。

不过爹很生气。有人对他这样说时，他就黑下脸来，和人争执起来。那时候爹很郁闷，有些曲高和寡的意思。没有人理解他的

心情。村庄里一茬子的女孩都不上学，稍稍大些就讨回彩礼打发到人家里过日子去了。好像未来的婆家埋藏着金了，女孩们　去就能掘出来金光灿灿的日子一样匆忙。

爹一直不希望我过上这样的日子。他觉得我应该有一种全新的生活、诗意的生活。他根本不想让这种俗气磨损我的一生。他非常情愿用他的肩，搭一架梯子，让我攀上去，过一种有高度的生活。但我基本是那种胸无大志的人，或者是登高实力不足的人。

爹的心愿在世俗的日子里，宛若一片喧嚣里的一曲清弦，竭力独撑。他真的很希望我有制胜的决心完成他的心愿。可是我真的没有。我天天都认认真真地把大好年华玩得天昏地暗而浑然不觉。

音高弦易断。爹的心愿在周围冷清的陪衬下，戛然而止。他过高估量了我，期盼我是那枝开在悬崖绝壁的红，有着横扫季节的极端的美。可是，他还没有看到一点点希望时，他的生命停止了流动，彻底静止下来。一曲清音，在另一个时空里轻扬。

我想，这就是我的宿命罢。悬崖峭壁上的那枝花，还没来得及绽开笑脸时，就被寒风打落。只剩下干枯的枝干，在风雪里挣扎，沧桑。枯干的枝条里，包裹着一颗以抑待扬的心，那就是爹留下来的——切切的盼望。

　　野槐湾的土坯，在那片空地上割去一茬又长起一茬，韭菜一样生生不息的样子。等到冬天，用不完的土坯就码起来，一人多高，苫着麦草。下雪的时候，麦草们顶着雪，在寒风里哆嗦。站起来的土坯比躺着的土坯节省地盘。这样，我必经之路的淤塞就畅通了。

　　我的车技越来越好。我把自行车蹬得飞快，丢开车把，双臂平展，像鸟一样飞翔；又像开着一架飞机，轰隆隆地掠过野槐湾。土坯墙下晒太阳的老汉们，眼睁睁地看着我飞掠而过。阳光里投下我飞速移动的影子，像一只鹰，贴着地面飘。

　　过了野槐湾，上了大路，下一个村子是摩天岭。大路很平展，很宽阔，延伸往我的视线达不到的地方。我和我的自行车一起飙，我像一个胭脂红的点儿，在空荡荡的大路上迅速移动。如果土坯是野槐湾的心，那么，我就是这条大路的心了。倘若没有我，这条路将是一个空空的皮囊了。

　　那些晒太阳的老汉们蹲在土坯墙下面，就像一枚生锈的钉子，楔进墙里。仿佛守着一列列码起的土坯，就守住了日子，守住了生命。那时候，还不知道村庄是以泥土为生命的，这种思想在我那个年龄是怎么想也想不透的。

　　村庄的天空里是泥土的味道，刮着的风也是泥土的颜色。说

的话也是土腥味的话，尕娃们起个名字也土得没边没沿。泥土是村庄的躯体，土坯就是闪着光泽的心啊。

大风的天气里，沙粒簌落，路途一片蒙蒙的土黄。我的自行车被风夯到土坯的墙上，咚——哐，像一出戏的过门。我和自行车相拥卧在地上。我在地上沮丧不已，要想让一条路畅通无阻，是多么艰难啊。

这些土坯，是野槐湾的补丁，却一直补在我的生活里，缝补在我年少的时光里，无法拆除。

时间是用来忘记的

扯锯，拉锯，

舅舅来了擀长面。

擀白面，舍不得。

擀黑面，舅舅笑话哩。

杀公鸡，公鸡叫鸣哩。

杀母鸡，母鸡下蛋哩。

杀鸭子，鸭子飞到草垛上。

草垛上，围下了一伙老和尚。

舅舅喝了三碗萝卜汤，

喝哩喝哩难心肠。

打我记事起，就喜欢唱这首歌谣。院子里唱，屋里头唱，满

山遍洼地唱。老和尚是一种虫子的昵称，奶奶让我捉来喂鸡。我是会唱很多歌谣的，吆喝小调也很老练。《王哥放羊》啦，《哭五更》啦，《四姐卷》里"四姐挑水哭娘"那段啦，扯着嗓子会吼得很。经常聒噪得奶奶那个气呀，天天发誓要糊上我的嘴。

但那个时候，是极少见到我舅舅的。我甚至不知道有几个舅舅。我家的萝卜汤舅舅们是不常喝的了。

直到后来，我八岁那年跟着父母搬到腾格里沙漠边缘的一个小村庄时，舅舅们才常来常往。舅舅们一走动，我妈就立即取缔了我嘴里的"扯锯——拉锯"。如若不小心唱漏嘴，让舅舅们喝了萝卜汤，我妈那人狠，打起自己的女儿来像打沙袋那么麻木随便，好像我是哪儿一弯腰顺手捡来的似的，哪有心疼的意思。

待到长大一点点时，渐渐开始叛逆，常常质疑我和母亲的血缘。幸好，从我一些照片的神态里可以分辨出她的影子，非常仿佛。又加上父亲言之凿凿，注明我确实不是拾来的。我妈某一天甚至撩起衣襟，让我验明她腹部遗留下来没有恢复的粗大的妊娠纹，让我确信在她的身体里真的待过十个月。

这些证据基本让我相信我是她亲生的。不然的话，幼时的那些记忆点滴加起来，我几乎可以排除她是我亲妈的可能性。她撩起衣襟让我看的时候，脸上是非常迫切和虔诚的表情，隐隐还有些无奈和伤感。甚至，我能感觉出附带着一种低三下四的祈求。

想想也挺可悲。有哪个母亲，不惜利用一切可利用的机会，告诉自己长大的女儿，你是我亲生的，你的生命的确来自我的血脉！这是我的、她的、我们家的悲哀。她告诉经常来我家的三舅："这丫头太爱记仇，心眼窄。"我三舅不屑地回答："一个女孩子，不给你养老，担什么心。"这句话几乎噩梦似的魇了我好几年。

我们家真正悲哀的起源，来自这个三舅。我打小被冷落，与他不无关系。如果这个尘世没有他，如果我外婆省略掉他，我们家其实可以省略掉许多悲苦。他来到这个世界，是造物的一个小小失误。就像流水线上出来的产品里混杂了一个废品而没有被发现一样。

我是有四个舅舅的。三舅是相当出色的那个。那种出色，就像你在一畦麦田里，突然看见一蓬刺扎扎那么突兀和不安，它长得霸气而夺目，格外招摇。我那老实木讷的外公外婆，怎么会生出那样一个儿子，真的不好解释。也许是基因变异了吧。

还有我的母亲，才智外貌都过了分。好像他们一家的养分，都被三舅和我妈掠夺了似的，不可思议。由于这种视觉效果，三舅

和我妈撷取了一家人的赞叹。尤其是我妈，竭力为娘家效力。也许她觉得没有她，娘家就会沉沦。她觉得自己很了不起，可以充当救世主，一大家子人都听得她发号施令。女人都有点儿虚荣心，我妈走火入魔了。

三舅到我家来得最频繁。他不顾几百里路程，一趟又一趟地赶来。与他兄弟的畏缩相比，三舅简直鹤立鸡群。他能言善辩，滔滔不绝，我妈很是赏识。每来一趟，他都要带走我家的粮食、葵花子，还有凡能变成钱的东西。像一只拉仓的老鼠，他慢慢转移了我家的物质。就这样，构成我们的家的基本财产悄悄流失。

后来，父亲终于忍无可忍，和妈的婚姻走到了尽头。妈抛下我和弟弟，席卷了我们对她的情感，跟着三舅去做他描述的辉煌生意。三舅成功地把我们家掏空，解体，而且附带着把他最小的妹妹，比我小一岁而且有些口吃的小姨，卖给了一个三十多岁的老男人。

那一年，三舅应该是收获匪浅。而我的小姨，那年应该不超过十六岁。我常常想念她，想念她看我的留恋神情，想念她被一个老男人带走时眼里的泪，也想起她常唱给我的歌谣：叮叮当，锣鼓响。姐姐出嫁远路上。去时风吹哩，来起雨下哩。姐姐哭哩喊哩来哈哩，家里妈妈想着哩……

　　从此，我找不到妈的足迹。她像从世间隐身了，一下子消失得干干净净。我不能说离开她的日子有多艰难。就算她在身边的时候，我也从没感觉到温暖。这种孤独的感觉从小如影随形，但长大后反而渐渐淡去。没有妈妈又能怎么样？没钱上大学又能怎么样？

　　生命是一种过程，是填满一大段岁月的庸忙。既然是过程，肯定会有缺憾。填满岁月的过程其实是一个从起点到终点的故事。如果这个故事一路甜蜜不起波澜，那将是一个多么平庸乏味的故事。生命的意义在于不断思索不断挑战。

　　我的伤口早已自然愈合。人是有自愈能力的，无论伤在哪儿，都可以。时间弹指而过，然后在一个闲暇天里，我斜倚在太阳伞下看报。我喜欢阳光的味道，像婴儿喜欢母乳的味道一样。

　　不远处一个皮肤黝黑的人在街旁的草坪上修剪青草。他笨拙地扭捉住轰隆隆响的割草机，像驯服一头狮子那么艰难、别扭。阳光里逃窜着青草的味道，浓烈，一浪一浪铺过来，将我覆盖。

　　他停下来，走到我旁边，手上沾满青草浓绿的血液。他说："你三阿舅今年开春不在人世了，知道吗？"我在看远处那一堆堆鲜嫩的青草尖，被剪下来呻吟的样子，还有些心狠地想，我要是一头牛就好了。我不想让人打断我的想象。可是他又接着说："你三阿舅

的两个孩子刚上了大学，他活着时可疼你表妹了。听说你阿妈一直在管。你三舅母已经改嫁了……"

他没有看见他预期的那种惊诧，或者说是幸灾乐祸，很有些失望的样子。他是我妈一个远得不能再远的亲戚，是我讨厌得不能再讨厌的小学同学。他四处打工，四处搜罗转发各种闲话。他不甘心，追问："这件事你肯定还不知道吧？"我起身，收拾一张旧报纸，这个人打搅了我的闲情逸致。我说："我当然知道，很早很早以前就知道的啊。"

我懒得跟他解释。他怎么会懂呢，他是个老实的人，老实人其实是一种懒人，只接受事物的结果，从不去思索过程和缘由。一个人，在决定做某件大事情的时候，就决定了将来的命运。我那没喝过萝卜汤的三舅，从拆散我们家开始，从卖掉他最小的妹妹开始，就注定会活不长久的。他要是幸福地活到老，活滋润，老天就不会原谅自己。天要做天该做的事，人也得做人该做的事。

让我突然想起的事是，我那亲爱的妈妈，现在正悲壮地扮演救世主的角色，拼了命保护她的侄子侄女不受伤害。要知道，失去父母的孩子，像我这么坚强沉着地应对生活变故的可不多。她会不会觉得自己依然伟大？我想既然她能割舍自己亲生的骨血，老天就

196

给予她勇气，让她拉扯别人的孩子。这是堤内损失堤外补的一种完美法则，她得遵循。

也许等她一天天老去衰弱的时候，才会明白，她的一生其实是被一只看不见的手操纵。她奴役了自己一生，与别人无关，与我死去的三舅无关。那只手就躲在她的心里，挥之不去，像一首童谣躲在我心里一样，怎么也赶不走。

向日葵，向日葵

你常看见的向日葵，一棵或是几棵，还有成片成片的，在阳光里温暖地绽放，吮吸光液，开成一朵大微笑。那么我要说的是，这样好看的向日葵是经过农人打理后的正经模样，常规姿态。你肯定还没见过不打杈的向日葵，一棵棵像个衣衫褴褛披头散发的讨讨吃，很难看的，还蔫了吧唧的。

我就见过。那一年，余凡家的向日葵刚缠花头打蕾的时候，他妈妈病了，没人打理，向日葵就胡乱地长开了。要知道，向日葵是有分枝的本事的，西瓜秧也有，都得打杈。杈枝从每片叶腋伸出头来，长到一尺多长时，给你开成个小花盘，争夺主秆的养料。最后，花谢了，也假装结个子，不过都是秕的。

我们把分枝的这种花盘叫骚盘，也没有蔑视的意思，只是以示与主盘有区分。大约分枝的花盘们都知道自己来路不正宗，所以要搔首弄姿惹人注目，或者是招蜜蜂注目，所以有些骚吧。这是我胡乱思想的，并没有多少依据。同样的花盘，分枝的注定是要被折掉的，这是没有办法的事。就算开得多么好看也不行。

不过余凡家的那块向日葵的确长得很疯狂。主秆的花盘已被挤兑得很小了，花叶也窄小的。倒是骚盘们长得很茂盛，往往一棵向日葵上长出十几枝，花叶又浓又长，像金黄的睫毛，裹挟着美丽。如果不及时打杈，一地的向日葵就都结不了子了。可是农忙时节，谁家有工夫替他们打杈去呢，自家的都打不完。

我家种的向日葵比余家的多多了。每年打杈基本是我最喜欢干的活儿。每天放了学，不用爹招呼，我就钻到地里。我是有点儿坏脾气的人，也喜欢干些破坏性的活儿。要是打场啊摞草垛啊等等具有创造性的活儿，我就会使出浑身解数耍赖皮，就是不干。但是，拆麦垛，打杈，这两样活儿我喜欢得很，挡都挡不住。

向日葵盛开的季节，蜜蜂比人忙多了，在一大朵一大朵的花盘上嘤嘤飞舞，挑来拣去。蹿在田里，向日葵高过我的头顶。风在株秆间隙里溜来溜去，宽大的叶片把我绊来绊去，只有太阳，被花

盘们截留，我顶着一头阴凉。

分枝的芽儿刚露头，就被掐死。蹿出一拃长的，揪下来。要是长到尺来长已经坐了盘开了花的，打叶腋根部也长得很牢固了，就连同那片叶子卸下来。扔进编织袋里，喂我家的那头小灰毛驴。

向日葵是长得很有造型的一种植物。千万朵花盘，齐刷刷对着太阳微笑，金黄的一片，那是怎样撼人的美啊！我们过儿童节时，年年都要编一个向日葵的节目，每人擎一朵，舞步敲击在地面，轻一声，重一声，支撑我们一次次凌空跃起的姿势。

我在田里的时候，也在温习那段舞步，伴着高一声低一声的歌声。人在年少时精力真是好，所谓打杈，只不过是给自己的玩耍找了个更充分的理由而已。所以，干活儿干得很粗糙。嫩芽儿从主秆内部裂出的一点点情感，被我顺手摘去，汁液溅出。稍微长硬气些的，仅仅微弱地抵抗一下，也被我掐下来丢进袋子。

窄窄的地埂上，羊的蹄子踩碎了小野花。几只丑麻雀涉着一片金黄来到地里，从花盘落到地面，不知在寻觅什么，看起来一副认真的小模样。蚂蚁很多，东家西家地串门，招牌动作就是背些吃食，齐心协力弄回家。

余家的向日葵开得很乱了，分枝上的花盘垂下来，一朵又一朵，

200

火一样焚烧。骚盘们开得有些妖娆，凌乱的美，慑人心扉。以至于我天天下午都要站在余家的地埂上，贪婪地看上好一会儿。那种印象渗透记忆。

想起来梵高的命运是落魄的，他欣赏原野里大片的、形成一种气势的向日葵。那种摄魄的美，拒绝大地，向天空燃烧。那些花是他内心金黄而疯狂的翅膀，只不过是短暂地折叠在田野里的。迟早，这翅膀要展开，要穷尽他一生的能量，飞啊！

他只是借向日葵的名义，给自己的燃烧提供理由，铺垫想象，找到情感爆发的缺口。那个时候，他内心定然变轻，轻得不可触及了。金黄的旋涡，裹挟他的疯狂，奔逃。那阳光，想必也是明媚耀眼的了。

每看见梵高花瓶里那十来朵向日葵，我都有种错觉；那是从余家的地里采来的，像啊，太像了。余家的向日葵就是那样，开得有些恍惚，有些莫名的美丽，有些神秘、说不上的气息。只是一种氛围的重合，或者是感觉的雷同罢了。

不过可以肯定的是，余家那年的葵花子就没有收成。枯黄了的向日葵垂着脑袋立了一地，无人顾及。权枝们张牙舞爪地乱伸着，干硬地抖擞在秋风里，在冬阳里。

骆驼庄园

　　那一年陪余家的向日葵熬着过冬的还有一个麦垛。麦垛是冯家的，他们家跑了一个媳妇。那么本来是夏天要打的场，就顾不上了，全家出动找媳妇去了。

　　落雪的时节，余凡和他干瘦的父亲才到地里砍向日葵。而冯家也扫了雪准备打场，那媳妇到底是没有找见。余凡妈妈的病愈加重了，快不行了。余凡一棵一棵砍倒向日葵，他父亲一捆一捆拉到家里，当柴烧。

　　我们和一大群麻雀，叽叽喳喳挤在那垛向日葵秆跟前，拣饱的瓜子嗑。余凡扶着他妈妈坐到了门槛上晒太阳，余家婶子脸上没有了血色，苍白，衰败。余凡的弟弟坐在一旁，耐心地把向日葵秆子剁成一截一截的，拾进筐里。

　　他小小的脸蛋冻得红红的，头发上一层灰尘。他妈妈的目光久久地落在他身上，像一层拨不去的阳光，在沉淀，在定格。像一抹生了根的守望，充满了挣扎。她的神态眷恋的，一动也不动。她小儿子的衣服上溅了许多向日葵秆的碎屑，像一种目光风化后，撒下的碎屑。

　　余家的院子里，也种植了十几棵向日葵，还没有被砍倒，干枯地立着。葵花子儿早被鸟雀掏光了，剩下空空的花盘。但那些向日葵长得很壮实，铁锹把粗的秆儿，一个杈枝都没有，干干净净的，秆是秆，叶是叶。大约是余家婶子挣扎着收拾过了。

　　风来的时候，院子里的向日葵们轻轻抖动，战栗着它们冰凉的命运。空空的花盘，是它们无言的心情。一个冬天，瘦得只剩下向日葵的叹息了。

在那温和的天空下面

巨鬣狗

光阴似乎有点儿长，都两三百万年了。这一时期，在甘肃和政地区，生活着这么一群硕大凶悍的动物。它们长得丑，獠牙利齿，口中呜呜乱叫，随便伸出一根脚指头都一尺长。这么一说，你大约觉得这些家伙简直有些群魔乱舞的意思，在大地上狂欢至极吧。其实，我也不知道它们究竟是怎么生活的，也许，不过是谁走谁的路，谁吃谁的食物吧。食草部落肯定要躲着食肉部落，躲不过，就被怪兽吃掉。怪兽被谁吃掉呢？被光阴呗。一直觉得光阴就是一张巨大的嘴。

　　它是从和政黄土层里挖掘出来的化石。只拂去了表皮的一层泥土，而它的大半个身子，还在黄土层里，连腹内也是沙土。这只巨鬣狗斜斜插在黄土层里，微微蜷缩着，脖子朝前伸。这个姿势大概是突如其来的地质灾害，瞬间将它深藏在大地深处的。当然，有可能也是饿死的，它的腹内除了泥土，并无骨头之类的东西。

　　巨鬣狗的脑袋太大了，头骨笨而沉，铁钳子一样的上下颌骨，牙齿粗大，若是恢复它身上的皮毛血肉，怎么也得五六百斤呢。假如拎起一只现在的狮子跟它比，就好比它身边不起眼的山羊似的。单单就是看它白生生的化石骨架，也有一种强悍凶猛的霸气。它的牙齿在泥土里咬合在一起，尖利至极，闪着森森寒光。可以想象，这厮活着的时候，对自己凶悍的体魄可是得意得很呢。

　　这么凶猛的野兽，不太可能吃草。长得太丑陋，牙齿那么所向披靡，吃草的话，我是不信的。它们的主食，是当地的古长颈鹿之类。至于古和政羊之类的小动物大概也是吃的，只不过是从别的动物口里夺来的。小型动物太灵活，它们笨重的身子不好逮。大有大的难处，小有小的厉害。

　　从效果图看，这种巨鬣狗似狼非狼，似狗非狗，而且前腿长，后腿短，长得难看而且怪模怪样。虽然老虎也凶猛，但人家长得比

骆驼庄园

较周正，眼睛里除了霸气没有猥琐之气。这巨鬣狗就相当丑陋，脑袋大，比狼的脑袋略短一些，圆一些。嘴头也没有狼嘴头长，短而宽，约略像狗，尤其是耳朵，支棱着，似乎和狗是亲戚。但是它的背部长有鬣毛，尾巴也很长，身上的毛不密匝，很粗糙，比起狗的模样差远了。据说它的智商是绝顶高，比狐狸还狡猾一些呢，比狼都奸诈一些呢，丑陋点儿有什么关系。巨鬣狗属于夜行性猛兽——但凡夜间活动的动物，阴谋都多，不单单靠体魄吃饭。

另一块原生岩石块里的巨鬣狗化石，是站着的骨架，肩部高，臀部低，前半身比后半身粗壮多了。虽然它前躯高于后躯，奔跑起来的姿势颇为滑稽难看，但速度并不低，甚至有相当好的耐力。它能跑得过长颈鹿，撵得上角马，会藏在灌木丛里袭击大象。它们喜欢群起而攻之，对猎物紧追不舍，撵不死不罢休，心思可多得很呢。

我总是想不通，巨鬣狗体形庞大笨拙，万一人家长颈鹿突然拐个弯，它不会刹不住爪子一头撞在树上石头上吗？的确，有一只巨鬣狗的头骨是破碎的。解说员说，那是它和别的动物争夺食物时厮杀造成的。但是我一厢情愿地认为就是撵长颈鹿的时候咚一下撞在石头上的。速度过快，转弯那么不灵活，撞几下简直是应该的。

读武侠小说，动不动说打来老虎炖上，打来狼下酒。不过呢，像老虎啊狼啊这些食肉动物在追杀猎物时，周身都是杀气。这些气场从胸腔里往外冲，帮助它震慑猎物。体形越庞大，散发的戾气就越浓郁。可以想象，老虎啦、狼啦，它们的肉一定不好吃，血脉里饱含着杀气阴郁，能有什么滋味。都是写书人诓我们的。巨鬣狗的肉肯定也不好吃，虽然它老早就灭绝了。

可是，巨鬣狗为啥就最喜欢吃长颈鹿呢？学者说，猛兽猎食，捕捉的猎物与自己的体重比，大致为三比一。也就是说，体重100公斤的老虎能轻松吃掉300公斤的野牛。依着这个比例推算，两三百公斤的巨鬣狗猎食，首选目标是五六百公斤的大兽，猎个野鸡野羊什么的它划不来。那么，这一时期，当地与巨鬣狗共生的食草类动物，最接近这个体重的就是长颈鹿了。

实际上，古羚羊之类的小动物都很灵活，跑起来快，反应又实在敏捷，巨鬣狗凭着自己庞大的身体要追上也实在不容易。只有长颈鹿最合适，脖子太长了，跑起来甩来甩去，累赘得很，容易被逮住。当然，这是在食物来源比较充裕的情况下。倘若资源短缺时，它们挑什么食，别的小兽也是可以下口的。我们老家说的一句话是，狼饿了，连草根子都嚼哩。巨鬣狗自己追不上小动物，也没什么关系，它们自然也可以抢夺别的野兽捕获的食物。反正大自然的链条

就是这样的，弱肉强食。没什么仁慈心可讲的。

巨鬣狗又是那样贪婪，它强悍的颌骨和牙齿，能把长颈鹿的骨头都嚼碎了吮吸骨髓。它的胃酸也是强大到所向披靡，能把所有的骨头渣子都消化掉。至于肉，连皮带毛吞下就是了，细嚼慢咽耽搁时间。所以巨鬣狗的粪便是白色骨质的，像石灰块那样的东西里夹杂着毛发。

你以为巨鬣狗就是一种特别大的狗吗？才不是呢，它不是犬科，因此不是真正的狗。巨鬣狗倒是与猫有一定的关系，是从灵猫进化的主干上分化出来的一个食肉动物的种类。倘若说它的凶猛，作为食肉动物也是无可非议的，毕竟人家也得吃饱肚子。不过，最诡异的是巨鬣狗能够发出若干种奇异的声音。两三百万年前有人类吗？也没听说呀。可是巨鬣狗的声音就是和人类的声音很近似。吃饱的巨鬣狗会哈哈大笑，饥饿的巨鬣狗会发出呜呜咽咽的哭声。当它们合伙逮住猎物的时候就会狂欢，欢笑的，呼喊的，怒骂的，这简直太恐怖了吧！隔山听过去，好像是人类聚会一样的。幸好它们灭绝了，不然，指不定它们才是地球的主人呢！连哭笑都会，太妖孽了。

能从化石上判断出发何种声音吗？不能。是我乱想的，依据是现代的鬣狗们。它们虽然身架小了很多，相貌也变了很多，但据说发出的声音和人类相似。既然都是鬣狗，会发出人类声音这一点可能没有变，和几百万年前是一样的。黑黑的夜里，一群饱食的鬣狗学着人类的声音在山野里吵闹。叽叽咕咕低声细语的，呱呱呱狂笑的，吁吁吁叹息的，连吵架的都有呢。有人告诉我，他的邻居在荒山野岭里挖药，真正听见过鬣狗笑的。天哪，真是太吓人了，毛骨悚然啊。

假若你住在山野茅屋里，深夜，有脚步簌啦簌啦趟着落叶走来，笃笃笃轻叩柴扉，然后柔柔叹息一声，或者咯咯咯低低笑着，不要想着是深山仙女来了，没那个好事。门外要么是狐狸精，要么是鬣狗。我觉得鬣狗的可能性更大些，谁让它们那么妖孽呢。

听来的故事。说有人走在荒山野岭，突然肩上搭了一只爪子，身后温柔一声低语，很含糊，也听不清说什么。这个人很老到啊，立刻抓紧肩上的爪子，一弯腰，使劲把背后毛茸茸的东西朝前一掼。是什么？一只鬣狗呗。它爬起来立刻逃跑了。倘若那个人当初回头的话，它会一口咬住人的脖子。可见，鬣狗这东西智商不低。

几百万年前的甘肃和政，生态极好，水草丰茂。这样的环境里，

食草动物就会吃得膘肥体壮，慢慢变得体形硕大。硕大的身体也有好处，能抵挡天敌的捕食，最起码力气大反抗的力度也足够。然而自然界是要保持生态平衡的，万事万物，过了就不好。食草动物身架大，食量也大，对草木的需求自然要增大，它们总得吃饱才好嘛。可是大量繁殖的食草动物对草木植被慢慢造成破坏，那边的草木吃光，这边的草还没长好呢，到处都被吃得光秃秃的。

这时候，巨鬣狗就出现了，它倒是可以维持生态平衡。巨鬣狗吃掉很多食草动物，草木植被就会慢慢恢复起来。食草动物的块头太大，刺激得巨鬣狗也要硕大才行，不然老虎吃天——无处下口啊。这样，你也巨大，我也巨大，野兽们都向着超大体形的方向发展。那个时期的和政，大地上奔跑的都是奇大无比的动物。

当然，这些家伙发展到一定地步的时候，天地之间都是庞然大物，太惊悚了。大自然就很快让它们灭绝，仅剩一些化石给大地留作纪念。

茫茫岁月，沧海桑田，在和政的黄土层中发现巨鬣狗化石的时候，这些白生生的骨骼化石，一定是光阴反刍吐出来的，它把第四纪初期的古动物纷纷抛出来，告诉我们一个悠远的时空，绝美而苍凉。不然，叫人类总是觉得自己就是大地的主人，翻手为云覆手为雨，骄傲而毫无敬畏心。

剑齿虎

一大滴赤色水珠似的太阳，收拾着自己满天的摊子，要落下去了。那些妖精一般绚烂的云朵实在讨厌，这朵按下去，那朵又冒出来，不肯撤退。天光渐渐暗下去，一群五颜六色的鸟，突然从树上扑棱棱惊起。一种拥有巨大翅膀的怪兽恶狠狠俯冲下来，把鸟们撵得七零八落，咕咕乱叫。一只肥硕的后猫从山崖上轻轻跳下来，一点儿声音都不曾发出，像树上飘落了一片叶子。

暮色里，山崖也变得黑魆魆的，像怪兽一样诡异。大丛灌木后面，剑齿虎伸伸懒腰，把身子收拢起来，悄悄贴紧树枝，露出凶悍的眼神，目光闪电一样睃着远处。一头库班猪哼哼唧唧走过来，它吃得太饱了，几乎要打饱嗝了，摸索着回到巢穴里去。

剑齿虎躲在隐蔽处，轻手轻脚，慢慢靠近库班猪，突然从灌木后面一跃而出，伸出可以收缩的利爪，一下子扑向库班猪，尖利的犬齿同时出击，撕咬住它的颈部。库班猪依仗着自己皮厚、体魄强健，拼命摆脱剑齿虎，它挑着锐利的獠牙试图和剑齿虎格斗。可是剑齿虎的爪子牢牢控制住库班猪的颈部，并用前肩撞击它，飞快

地把上犬齿刺入库班猪的身体——它的利爪和犬齿默契配合，一招制敌。库班猪剧烈地挣扎了一会儿，终于倒下去。剑齿虎吃呀吃呀，狼吞虎咽地吃着，也饿了两三天了。

就在这时，山崖下的另一处，一头小象跑过来，它并不知道前面发生了什么。猛然间，它听见一种奇怪的声音，吧唧吧唧的，难道是谁进餐的声音？小象警惕地停下来，竖起脖子，站得直挺挺的，想瞅一下前面到底有什么异常的状态。这时候，它的身后倏然间闪出另一只剑齿虎，腾地跳跃起来，扑向小象。正在这时，突然地动山摇，小象和剑齿虎都晃了一下，就被巨大的山体掩埋了，连哀怨的求救声都来不及发出一声。

这只捕食的剑齿虎，就被永远留下来了。它的化石是竖起来的，凌空扑跃的姿势。上下颌骨张开，两只前爪高高举起朝前扑，后腿是蹬直的，大概正在嘶吼着扑向猎物。单单是看它这个僵硬而凶狠的样子，也叫人不寒而栗。它活着的时候指不定多凶猛呢。

剑齿虎是猫科动物中的一种。从骨架上看，体形和现代的狮子或者豹子差不多。作为猫科动物中的一员悍将，剑齿虎与它现代亲戚一样，具有可收缩的锋利的爪子。它的牙齿数目少，上下裂齿的刃叶长，而且非常锋利。剑齿虎最大的特点是有着长而且侧扁弯曲的上犬齿，形同两柄倒插的匕首一般。它擅长偷袭，并以弯刀状的犬齿攻击猎物要害。当然，它奔跑的速度不是最快的，倘若让它去追逐猎物，比较费事。不然怎么总是想着偷袭呢，还爱趁着夜色行事。

剑齿虎的主食是什么呢？也许是大象，再就是库班猪之类的厚皮动物。为什么呢？剑齿虎的上犬齿非常锐利且巨大，下犬齿又相对退化，看上去比例严重失调。那么它的剑齿很可能是专门用来对付大象类的厚皮动物的。倘若它吃古和政羊，吃三趾马，这些动物的皮挺薄，那么上下犬齿的进化大致相同，不需要尖利的上犬齿来扎透厚皮就可以咬死猎物。而且，和剑齿虎同时代的象类、库班猪，在体形上符合剑齿虎猎食的比例，三比一。

剑齿虎依仗尖利无比的长犬齿，一旦抓住猎物，就把犬齿刺进猎物身体的深处，猎物活下来的概率太小了。为了配合犬齿，剑齿虎的头骨结构也相应地发生变化，以便口可以张得更大，撕咬力度更强。那一时期，生活在和政的各种大型厚皮食草动物，统统都是剑齿虎的口下美餐。

它们凶狠，捕食能力太强，如果巨鬣狗想从它嘴里抢夺食物那是绝对妄想。剑齿虎的爪子，犀利得像铁钩一样，是可以收缩的，

配合着它的利齿，简直绝配。它的爪子甚至能刺破猎物的肚皮，直接剖开，实在逆天。

想起来，这样厉害的动物该是天下无敌了吧？倒也不是。剑齿虎是怎么死的？有饿死的，也有被同时代的食肉动物吃掉的。

剑齿虎呢，厉害是厉害，凶悍是凶悍，但它有致命的缺陷，那就是它的爪甲在格斗的时候免不了受伤，一旦爪甲受损，是永久性的，不可再生。没有爪甲，它的爪子便不能配合利齿，逮住猎物的概率一下子狂跌。单单用嘴，毕竟是不方便的。这时候，它只好打别人的主意，从别的食肉动物嘴里抢食。但别的动物也不是好惹的，一场厮杀，说不定就被人家吃掉了。

无论多么强大，剑齿虎最后还是灭绝了。那个时期，和政的气候逐渐发生变化，慢慢地，天气变冷变干，植被普遍由森林向草原转化。草原比森林要开阔辽远，这样动物们也跟着慢慢进化，逐渐倾向于奔跑型。食草动物为了逃命，跑得非常快。巨鬣狗啊，剑齿虎啊，体形过于庞大，奔跑的速度跟不上食草动物，所以它们最后都灭绝了。大地千变万化，总是要保持平衡才好，不能让一种生物称霸。